Meurtre sur les falaises brumeuses

Un mystère Little Firling – Livre un

Par Belinda Chavremootoo

Dédicace

Pour chaque chat qui a déjà résolu un mystère tranquillement avant que les humains ne le fassent.

Droit d'auteur du texte

© 2025 Belinda Chavremootoo

Tous droits réservés.

Il s'agit d'une œuvre de fiction. Les noms, les personnages, les lieux et les incidents sont le produit de l'imagination de l'auteur ou sont utilisés de manière fictive. Toute ressemblance avec des personnes réelles, vivantes ou décédées, des entreprises, des lieux ou des événements est purement fortuite.

Aucune partie de ce livre ne peut être reproduite, stockée dans un système de recherche documentaire ou transmise sous quelque forme ou par quelque moyen que ce soit (électronique, mécanique, photocopie, enregistrement ou autre) sans l'autorisation écrite expresse du propriétaire du droit d'auteur.

Première édition

À propos de l'auteure

Belinda écrit de charmants romans policiers remplis de secrets de bord de mer, de portes de jardin et de chats qui connaissent toujours la vérité. Lorsqu'elle n'est pas en train de comploter des crimes fictifs, on peut la trouver dans son propre jardin où l'odeur terreuse de la terre et le doux bruissement des feuilles sont une source d'inspiration. Ses deux chats supervisant le tout avec un jugement serein.

À venir : Le meurtre fleurit à la foire

Un mystère de Little Firling – Livre deux

Le printemps arrive à Little Firling avec des banderoles, des fleurs et un tout nouveau meurtre. Lorsqu'une figure bien-aimée du village s'effondre à la foire du jardin après avoir siroté un thé soi-disant sain, Annabel Lennox Deighton et Perséphone sont une fois de plus entraînées dans un mystère tordu où rien n'est aussi parfumé qu'il n'y paraît.

Table des matières

Prologue - Une note sur Little Firling

(Observation par Annabel Lennox Deighton, à la fin de la cinquantaine, détective réticente)

Little Firling est le genre d'endroit où l'on s'évade.

Des falaises qui s'effondrent. Des champs verdoyants et vallonnés. Une mer qui ne vous dit jamais vraiment ce qu'elle pense. C'est beau, bien sûr – sauvagement, fouetté par le vent – mais aussi juste assez mystérieux pour avoir l'impression que quelque chose regarde toujours derrière les hortensias.

Le village lui-même se penche sur le charme. Chalets drapés de lierre. Un pub avec l'enseigne originale tordue. Des banderoles pour des événements dont personne ne se souvient vraiment. Tout le monde connaît votre nom, votre date de naissance et les trois dernières choses que vous avez achetées à la boulangerie de Bea Simmons - et ils n'ont pas peur d'en parler autour d'une tasse de thé.

Quand j'ai déménagé de Glasgow après avoir pris une retraite anticipée, je m'attendais à la paix et peut-être à quelques regards curieux. Ce que j'ai obtenu, c'est une chatte avec le regard d'un magistrat, une meilleure amie qui porte une batte de baseball « au cas où » et une enquête sur un meurtre que je n'avais pas à mener – sauf, apparemment, que je l'ai fait.

Parce que Little Firling a ses secrets. De vieux secrets. Le genre sur lequel vous trébuchez en jardinant. Le genre chuchoté à travers les générations jusqu'à ce que quelqu'un – généralement quelqu'un comme moi – décide de les dépoussiérer.

Alors, si vous êtes ici pour une escapade paisible sur la côte ?

Vous pourriez réaliser votre souhait.

Juste... Ne vous promenez pas près des falaises une fois la nuit tombée.

Chapitre 1

La brume s'infiltra avec la confiance d'un vieil ami. Il s'enroulait autour des pots de cheminée et se pressait contre les fenêtres de Honeystone Cottage comme s'il savait exactement où se trouvait la chaleur. Il brouillait l'horizon jusqu'à ce que la terre et la mer deviennent des murmures l'un de l'autre, et Annabel Lennox Deighton se sentait – pour la première fois depuis longtemps – tranquille.

Pas engourdie. Pas vide. Juste... tranquille.

Elle se tenait au bord du sentier au sommet de la falaise, les bottes enfoncées dans l'herbe humide, une main gantée reposant légèrement sur le portail en bois usé qui marquait la fin de son nouveau jardin et le début du grand au-delà verdoyant. La mer murmurait en contrebas, lointaine et agitée, comme si elle se disputait avec elle-même.

Perséphone, sa chatte noire de race Bombay, se frottait contre son mollet ; un doux velouté de fourrure noire et un jugement tranquille. Elle gazouilla – un son doux et interrogateur – et Annabel baissa les yeux.

« Tu ne sais toujours pas ce que nous faisons ici, n'est-ce pas ? » murmura-t-elle.

La chatte cligna des yeux vers elle, les yeux dorés ronds et solennels. Un autre son doux. Pas tout à fait d'accord. Pas tout à fait de la désapprobation.

« Je sais. Pareil. »

Cela faisait presque un mois qu'elle avait quitté Glasgow. Une ville remplie d'amis, de collègues et de bruit – tellement de bruit – et l'appartement de plus en plus vide où les livres de Michael vivaient encore sur les étagères comme des fantômes polis. Deux années de veuvage s'étaient écoulées comme le temps : tantôt orageuses, tantôt calmes, toujours ailleurs. Elle avait enseigné deux autres trimestres après sa mort, par habitude plus que par but. Puis un jour, elle s'est arrêtée. Elle a emballé ses notes de cours, annulé les dîners auxquels elle n'avait pas voulu assister et a acheté une maison en pierre dans un village dont elle n'avait jamais entendu parler avant qu'il n'apparaisse dans une recherche Google à 2 heures du matin.

Little Firling. Elle avait aimé le son.

Calme. Bord de mer. Pas trop loin d'une ligne de train. Le genre d'endroit où les gens cultivaient des choses.

Perséphone était venue, naturellement. On ne laisse pas derrière soi sa seule confidente vivante, même si elle avait l'habitude de répondre en gazouillant et en clignant des yeux et de ne jamais vous laisser boire du thé sans inspecter la tasse au préalable.

Elles marchaient sur les falaises tous les matins maintenant. À la fois rituel et méditation. C'était en train de devenir une habitude, l'une des premières qu'elle avait choisies pour elle-même depuis longtemps.

Le brouillard s'épaissit à mesure qu'elles marchaient, la mer disparaissant derrière lui. Perséphone trotta en avant, puis s'arrêta. Ses oreilles se dressèrent vers l'avant. Elle laissa échapper un gazouillis plus aigu et s'élança dans les broussailles juste à côté du chemin.

Annabel fronça les sourcils. « Un autre campagnol ? » Pas de réponse.

Elle l'a suivie.

Il lui fallut un moment pour la trouver, parfaitement immobile, à côté de quelque chose de bas et froissé dans l'herbe.

Au début, cela ressemblait à un tas de vieux manteaux. Quelque chose que quelqu'un avait laissé tomber et oublié.

Puis elle a vu la chaussure.

Puis la main immobile.

Puis les yeux ouverts.

Annabel retint son souffle. Perséphone était assise à côté de la figure ; la queue s'enroulait soigneusement autour de ses pattes.

L'homme était affalé contre un rocher recouvert de mousse. Son visage pâlit. Sa bouche est légèrement ouverte. Aucun signe de violence. Pas de sang. Juste... immobilité.

Et à ses côtés, pris dans les ronces, un carnet. Sa couverture se déformait sous l'humidité, ses pages flottaient faiblement dans la brise comme s'il essayait de respirer.

Annabel s'accroupit.

Elle n'a pas touché le corps.

Mais elle a attrapé le carnet.

C'était humide, mais pas ruiné, à peine lisible par endroits. Elle le retourna avec précaution.

Elle tourna la première page.

Symboles. Gribouillis. Un dessin de quelque chose qui ressemblait au soleil, avec trois étoiles qui l'entouraient. Une écriture étrange et urgente.

Elle hésita. Puis elle le glissa doucement dans son cartable, l'imaginant déjà dans l'un des sacs en plastique de son tiroir de cuisine.

« *Si c'est important,* murmura-t-elle en elle-même, *j'aimerais mieux qu'il ne disparaisse pas.* »

Perséphone laissa échapper un miaulement bas. Silencieux, comme un avertissement.

Annabel se leva lentement.

Il y avait quelque chose ici. Pas seulement un corps. Une histoire.

Et elle s'était retrouvée en plein milieu.

***

Elle est retournée au chalet après avoir appelé les autorités. L'agent de police Tom Oakes – serviable, bien qu'un peu trop enthousiaste – avait promis de « se montrer vif » et de « régler tout cela ». Peu importe ce que cela signifiait.

Maintenant, elle se tenait au centre de son petit jardin, les doigts enroulés autour d'une tasse de thé fumante, Perséphone perchée sur le muret de pierre comme si elle effectuait une surveillance.

Honeystone Cottage était exactement ce qu'il avait promis d'être : un peu tordu, un peu magique. Des roses s'enroulaient autour des fenêtres comme des commérages, la peinture de la porte était d'un bleu gai mais écaillé, et le jardin arrière descendait vers les champs dans un étalement paresseux et inégal. Quelqu'un, une fois, avait essayé de l'apprivoiser. Les os d'un carré d'herbes aromatiques sont restés : de vieilles touffes de thym, de la menthe tenace, et même un buisson de romarin à moitié sauvage qui sentait les dîners oubliés.

Annabel planifiait déjà ce qu'elle allait planter. Courgettes. Lavande. Des soucis, peut-être.

Elle avait besoin de quelque chose pour grandir.

« J'ai apporté des scones, mais je peux les laisser sur le marchepied si c'est une matinée sans activité sociale. »

La voix venait de derrière elle, brillante, impétueuse, résolument vivante.

Annabel se retourna.

La femme au manteau patchwork et aux bottes robustes avait l'air de pouvoir gagner une bagarre dans un bar et de se rendre au club de lecture avec de la confiture sur la manche.

Ses cheveux roux étaient dans une torsion sans vergogne, ses yeux perçants et curieux.

« Evie Barnes, » a-t-elle dit en tendant un Tupperware. « Librairie, potins, premier intervenant parfois grossier dans un drame de village. Et tu es la professeure avec la chatte et l'aura du chagrin. »

Annabel cligna des yeux.

Evie sourit. « Trop ? »

« C'est juste inattendu, » a dit Annabel en prenant le conteneur. « Je m'appelle Annabel. »

« Je sais. Nous vous avons observé. »

« Qui est 'nous' ? »

Evie pointa vaguement du doigt le village. « Tout le monde. C'est comme ça que nous accueillons les gens. Avec de la nourriture et une surveillance légère.

Annabel leva un sourcil.

Evie fit un geste vers Perséphone. « Elle a jeté un regard mortel à mon labrador à travers la haie. »

« Elle n'aime pas les chiens. »

« Moi non plus, mais je ne les regarde pas comme s'ils me devaient de l'argent. »

Annabel sourit. Un vrai, le premier depuis longtemps.

Elles restèrent silencieuses un moment, la brume s'enroulant autour des roses, les champs s'ouvrant derrière eux.

Puis Annabel a dit : « Il y a eu un corps. Sur les falaises. »

Evie ne haleta pas.

Elle a juste dit : « D'accord. Le thé d'abord, puis la résolution de crimes. Tu as emménagé dans le bon village. »

Chapitre 2

Le brouillard s'était dissipé, mais il n'était pas parti.

Il s'accrochait aux haies comme un enfant boudeur, réticent à lâcher complètement le matin. Le chemin vers les falaises était plus doux sous les pieds, l'herbe encore humide. Annabel marchait d'un pas régulier, l'absence de Perséphone sur ses talons était étrangement perceptible.

Dans son cartable se trouvait un sac Ziploc contenant le carnet.

Elle l'avait nettoyé doucement, juste assez pour empêcher les pages de se déformer davantage. Je me sentais mal de le tenir, comme si je touchais quelque chose destiné à quelqu'un d'autre. Mais pire, il s'était senti mal de le laisser derrière lui.

Alors qu'elle approchait du bord des falaises, elle a vu le bruit fluorescent familier de la veste de l'agent de police Tom Oakes.

« Professeur Deighton, » appela-t-il en faisant signe de la main. « Content que vous soyez revenue. »

Annabel hocha la tête, ses yeux se tournant vers le corps, toujours intact, respectueusement marqué par du ruban adhésif de la police et quelques cônes qui semblaient avoir été empruntés à l'école primaire.

« Je ne voulais rien bouger jusqu'à ce que quelqu'un confirme ce qu'ils ont vu, » a déclaré Oakes. « C'est lui, alors ? Ernie Finch ? »

« Oui, » dit-elle doucement.

Elle ouvrit son cartable et tendit le cahier dans le sac Ziploc.

« Il s'accrochait à ça. J'ai pensé que cela pourrait être important. »

Oakes l'a pris, a plissé les yeux à travers le plastique, puis a haussé les épaules.

« On dirait des diagrammes. Gribouillis. Probablement juste des notes académiques. Il ne cessait de parler des naufrages et des vieilles légendes, n'est-ce pas ? »

Il le rendit sans même l'ouvrir.

Annabel ne bougea pas. » Il le tenait. Serré. »

« Cela aurait pu être un réflexe. Les gens s'agrippent aux choses au moment où elles tombent. »

« Mais son corps n'était pas dans une position qui ressemblait à une chute, » a-t-elle déclaré. « Il avait les jambes croisées. Ses épaules étaient affaissées. Il avait l'air... arrangé. »

Oakes cligna des yeux. « Je vais en parler au coroner. Mais aucun signe visible de traumatisme. Pas de blessures, pas d'ecchymoses. Peut-être que c'était une crise cardiaque. »

Annabel n'a pas répondu. Son regard revint sur le visage d'Ernie.

Il n'avait pas l'air paisible.

Il avait l'air d'*attendre quelque chose.*

Ou quelqu'un.

« Quand même, » a poursuivi Oakes, griffonnant dans un bloc-notes à moitié plié. « Rien d'alarmant. Si quelque chose se révèle lors de l'autopsie, je vous le ferai savoir. »

Annabel hocha la tête, mais quelque chose en elle restait rigide.

Il ne posa plus de questions sur le carnet.

***

De retour à Honeystone Cottage, la bouilloire sifflait déjà lorsqu'elle franchit la porte.

Perséphone cligna des yeux depuis la table, puis fixa directement le cahier qu'elle posa sur elle, toujours scellé. La chatte émit un doux gazouillis. Critique.

— « Je suis d'accord, » murmura Annabel en repoussant la bouilloire. Ce n'était pas satisfaisant du tout.

On frappa à la porte.

Evie.

Elle se tenait debout, tenant un sac contenant des pâtisseries et deux tasses à emporter fumantes comme un nuage d'orage contenant de la caféine.

« J'ai pensé que tu avais besoin de renfort. J'ai apporté des pâtisseries et des friandises.

Annabel s'écarta. « Entre. »

Chapitre 3

Le cahier était posé entre eux comme une question chargée.

Annabel tourna une autre page, prenant soin de ne pas déchirer le bord humide. Le papier craquait légèrement, mais l'encre était encore presque lisible. Tout était là : croquis, symboles, notes griffonnées de côté dans les marges.

Une page était entièrement consacrée à ce qui ressemblait à des codes d'expédition : des numéros disposés en rangées verticales, soulignés trois fois en haut par les mots :

CAISSE ONZE — DISPARU ?

Les formulaires douaniers ne correspondent pas. Sain. Cooke.

Annabel se pencha sur sa tasse de thé. » Cuisinier. C'est... Maggie Cooke ? »

Evie hocha lentement la tête.

« Et Hale, » ajouta Evie, « comme dans Rupert Hale. Propriétaire de la moitié du village, y compris ton chalet avant que tu l'aies acheté. Et propriétaire de l'ancien moulin, de la chapelle et de trois hangars ' historiquement préservés', que personne ne peut l'expliquer. »

Annabel tourna une autre page. Le symbole réapparut : le soleil avec trois étoiles, griffonné à plusieurs reprises à côté du mot *« caché »* et d'un croquis approximatif du chemin de la falaise.

« Ce n'était pas de la recherche, » a-t-elle déclaré.

« C'était un avertissement. »

Evie resta silencieuse pendant un moment. Puis :

« Tu penses toujours que c'était un meurtre ? » Annabel regarda le carnet. « Oui. Je pense qu'il essayait de dire quelque chose à quelqu'un avant qu'il ne soit trop tard. »

Perséphone miaulait doucement depuis le rebord de la fenêtre et s'étira, sa queue tremblant une fois.

« Son Altesse est d'accord, » marmonna Evie. « C'est vrai. Je vais fouiller dans la boîte d'archives de ma tante. Si elle savait quelque chose sur ce symbole, ce serait là-dedans. Elle accumulait des papiers comme d'autres accumulent des sacs en plastique. »

Annabel se leva pour remplir la bouilloire quand on frappa à la porte.

« Tu attends quelqu'un ? » a demandé Evie.

« Non. »

Elle ouvrit la porte.

Maggie Cooke se tenait sur le marchepied, les joues rouges et un sac en papier ciré dans les mains.

« Bonjour, ma chère. Je me suis juste dit que vous n'aviez probablement pas déjeuné correctement, avec tout ce matin et tout. J'ai apporté quelques pâtés de Cornouailles. Fraîchement sorti du four. » Elle offrit un sourire un peu trop éclatant.

Annabel hésita. « C'est très gentil. »

« J'essaie juste d'aider là où je peux, » a déclaré Maggie en s'engageant dans le couloir sans attendre. » Oh bonjour, Evie. Tu fouilles toujours dans les choses, tu ne devrais pas, je vois ? »

Evie sourit sans aucune chaleur.

« C'est plus ou moins le titre du poste. »

Maggie tendit le sac chaud à Annabel, les yeux parcourant la cuisine.

Et puis, très brièvement, elle repéra le carnet.

Juste assis là, sur la table, à côté des tasses et du sucrier.

Son regard se fixa sur elle pendant une demi-seconde. Elle n'a rien dit.

Mais elle n'en avait pas besoin.

Elle savait ce que c'était.

« Oh, » a-t-elle dit avec trop de désinvolture.

« C'est l'écriture d'Ernie ? »

Le cœur d'Annabel battit un seul coup.

« Je pensais que personne n'avait encore identifié l'homme, » dit-elle doucement.

Maggie cligna des yeux. « Ah. Ai-je dit Ernie ? Moi... quelqu'un dans la boulangerie a mentionné l'avoir vu hier. Près des falaises. J'ai supposé que ce fût peut-être... »

Elle s'est arrêtée.

Evie croisa les bras.

Maggie se retourna rapidement vers Annabel.

« De toute façon, je devrais rentrer. Journée bien remplie, même avec... Tu sais. Mieux vaut ne pas laisser les choses glisser juste à cause d'un peu d'excitation. »

Elle était sortie avant que l'un d'eux ne puisse répondre.

« Elle n'a pas posé de questions sur le corps, » a déclaré Evie.

« Non. »

« Elle ne m'a pas demandé ce que nous avions vu. »

« Non. »

« Mais elle savait que c'était Ernie. »

Annabel posa les pâtés et retourna lentement à la table. Ses doigts planaient juste au-dessus du cahier, comme s'il allait disparaître.

« Je ne pense pas qu'elle soit venue ici pour prendre de mes nouvelles, » a-t-elle dit.

Perséphone gazouilla de nouveau. Sans être dérangé.

« J'ai besoin d'aller chercher des choses au supermarché », ajouta Annabel. « Du thé. Lait. Sucre. Les épices pour la cuisson. J'adore expérimenter la cuisine du monde et ce type de cuisine m'aide à me détendre et à trouver l'inspiration. »

Elle s'arrêta un instant, puis ajouta avec une lueur enjouée dans les yeux : « Et peut-être que je vais poser des questions subtiles, le genre de questions auxquelles les gens répondent sans se rendre compte qu'ils sont doucement sondés. C'est toujours fascinant de découvrir de petites vérités sur les gens. »

Evie sourit. « Mon type préféré. »

***

Le village bourdonnait déjà de commérages.

Annabel passa devant deux femmes de l'institut des femmes qui chuchotaient à côté de la boîte aux lettres. L'épicier lui adressa un sourire compatissant qu'il réservait clairement aux gens qui avaient *« vu des choses »*. M. Wilkins salua sans enthousiasme tandis que son teckel aboyait à ses chevilles comme s'il essayait de bannir les mauvais esprits.

Dans le supermarché, la conversation a changé au moment où elle a franchi la porte.

« Oh bonjour, professeur, » gazouilla Kitty depuis la jardinerie, soudain *extrêmement* intéressée par une boîte de sablés. « Terrible nouvelle, ce matin, tout simplement horrible. Et si peu de temps après avoir emménagé. »

Annabel hocha la tête. « Les petits villages ont de grandes réactions. »

« Était-ce vrai ? » demanda Kitty en baissant la voix. » Qu'il tenait quelque chose ? Une pièce de monnaie ? Ou un journal intime ? »

Annabel cligna des yeux. « Où avez-vous entendu cela ? »

Kitty rougit. « Oh, vous savez... La nouvelle se répand. »

Annabel a payé ses courses et est partie sans un mot de plus.

***

Elle retourna au chalet vingt minutes plus tard.

Tout semblait normal.

La porte était verrouillée. Les vitres intactes. Perséphone était étendue sur le rebord de la fenêtre, une petite plume blanche coincée sous une patte comme un trophée.

Annabel sourit faiblement et entra.

Elle a posé les courses. Elle enleva son manteau et entra dans la cuisine.

S'arrêta.

Le cahier avait disparu.

Elle regarda autour d'elle, chaque surface, chaque tiroir, chaque armoire. Aucun signe de cela. Pas de gâchis. Pas d'effraction. Rien.

Perséphone sauta par la fenêtre et atterrit doucement à ses pieds.

Annabel fixa la table, le cœur battant.

Qui y avait accès ?

Et puis ça a cliqué.

Rupert Hale l'avait mentionné avec désinvolture lorsqu'elle avait signé le bail : « Maggie a aidé depuis des années pour l'entretien. Elle vient pour aérer l'endroit, faire un peu de nettoyage de temps en temps. J'espère que ce n'est pas grave. Elle est très digne de confiance. »

Maggie n'avait pas demandé à utiliser les toilettes.

Elle n'avait pas regardé autour d'elle comme si elle était neuve.

Elle n'en avait pas eu besoin.

Annabel se tourna vers la porte, la mâchoire serrée.

Perséphone miaula une fois.

Pas surprise.

Chapitre 4

La lumière du matin filtrait à travers les rideaux de dentelle de Honeystone Cottage comme un secret essayant de se faufiler. Annabel se tenait à la table de la cuisine, fixant l'endroit où se trouvait le carnet.

Parti. Proprement. Silencieusement.

Perséphone était perchée à sa place, sa forme noire élégante soigneusement enroulée, ses yeux dorés ne clignant pas.

« Je sais, » murmura Annabel. « J'aurais dû mieux le cacher. »

La chatte ne bougea pas. Mais sa queue tapa une fois contre la table, une douce réprimande.

Annabel se tourna vers le téléphone et composa le numéro de la librairie.

Evie décrocha à la deuxième sonnerie.

« Si c'est à cause de la postière qui t'appelle » notre nouvelle Jessica Fletcher, » je lui ai déjà crié dessus. »

« Ce n'est pas ça, » a déclaré Annabel. « Le carnet a disparu. »

Silence. Puis : « Quelqu'un est-il entré par effraction ? »

« Non. La porte était verrouillée. Rien d'autre n'a été déplacé. J'étais sortie pour une vingtaine de minutes peut-être. »

Une autre pause. « Alors, quelqu'un avec une clé. »

Annabel hocha la tête, même si Evie ne pouvait pas la voir. « Je pense que c'était Maggie. »

« Du thé. Chez toi. Vingt minutes. » Clic.

***

Au moment où Evie arriva, Annabel avait déballé les provisions qu'elle avait achetées la veille : les citrons, le safran, la cannelle, le citron confit et les abricots secs.

« Qu'est-ce que c'est ? » a demandé Evie.

« Déjeuner. Offrande de paix. Outil d'interrogatoire. »

« Tu utilises les plats cuisinés comme une arme ? »

Annabel sourit faiblement. « Ça a déjà fonctionné avant. »

Pendant qu'elle cuisinait, la cuisine se remplissait de chaleur et d'épices, des souvenirs se recroquevillent dans la vapeur. Elle n'avait pas fait ce plat depuis le décès de Michael. Il avait l'habitude de dire que l'odeur donnait à l'appartement l'impression d'être une cour marocaine au lieu d'une rue pluvieuse de Glasgow.

Perséphone resta tout le temps à ses pieds, alerte, vigilante, plus collante que d'habitude. « Elle sait que quelque chose ne va pas, » a déclaré Annabel. Evie sirota son thé. « Nous aussi. »

***

Toutes les trois, Annabel, Evie et Perséphone, descendirent la ruelle jusqu'à la maison de Maggie Cooke. Le panier était chaud dans les bras d'Annabel. La chatte la suivit à une distance polie mais déterminée, la queue haute comme une petite bannière noire de suspicion.

Maggie a ouvert la porte après le deuxième coup à la porte. Ses cheveux étaient relevés en un chignon de travers, son tablier taché de farine. Elle parut surprise de les voir. »

« Ah ! Je... bonjour. »

« Nous avons pensé que tu pourrais apprécier quelque chose de salé pour changer, » a déclaré Annabel en soulevant le panier. « J'ai fait du tajine. »

Maggie hésita. Puis il s'écarta. « Eh bien, comment puis-je dire non à ça ? »

***

La cuisine était chaude et sentait légèrement le sucre et quelque chose de plus floral – de l'eau de rose, peut-être. Il y avait des scones qui refroidissaient près de la fenêtre et une vieille radio qui bourdonnait dans un coin.

Dès qu'elles furent à l'intérieur, Perséphone s'arrêta sur le seuil.

Son nez tressaillit.

Elle fixa directement une tasse de thé sur le comptoir.

Puis, sans bruit ni cérémonie, elle s'assit, les oreilles en avant. Les yeux plissés.

Annabel baissa les yeux. « Quelque chose ne va pas, ma fille ? »

Perséphone ne bougea pas. Elle était alerte, concentrée, enfermée.

Les yeux d'Annabel suivirent son regard.

Eau de rose.

L'odeur exacte qui avait persisté dans le chat le matin où le carnet avait disparu.

Elle croisa le regard d'Evie.

Evie leva un sourcil.

Elles se tournèrent tous les deux vers Maggie.

Le déjeuner a été servi dans un silence gêné.

Le tajine a été bien accueilli – Maggie complimenta le goût et la tendreté du poulet – mais son regard ne cessait de parcourir les femmes, comme si elle s'attendait à ce qu'elles disent quelque chose. Ou peut-être attendait-elle qu'elles *ne le fassent pas.*

Finalement, Annabel a dit doucement :
« Tu sais ce qu'Ernie cherchait. »

La fourchette de Maggie s'arrêta dans les airs.

« Je n'ai rien pris, » a-t-elle dit.

« Nous n'avons jamais dit que tu l'avais fait, » a répondu Evie en posant son verre d'eau. « Mais c'est intéressant que tu saches qu'il manquait quelque chose. »

Les mains de Maggie tombèrent sur ses genoux. « Ernie a trop parlé. Il pensait qu'il tenait quelque chose de grand. Il m'a montré des dessins... les pages de journaux de bord. »

« Ont-ils mentionné ta famille ? » demanda Annabel.

La mâchoire de Maggie se serra. « Il croyait que l'accident était planifié. Que certaines familles en ont profité tandis que d'autres sont mortes. Mon arrière-grand-père est mort sur *La Jument Dorée*. Ma grand-mère a toujours dit qu'il était un homme honnête. Ernie a donné l'impression qu'il avait été un pion. Ou pire. »

« Alors, tu le protégeais ? » Dit Annabel doucement.

« Je les protégeais, » a déclaré Maggie. « Ceux qui sont venus après. Ceux qui n'ont pas demandé à hériter de la honte. »

Evie se pencha en avant. « As-tu pris le carnet ? »

« Non, » murmura Maggie. « Mais j'aurais aimé l'avoir fait. »

Elle se leva brusquement, ramassa les assiettes et leur tourna le dos.

Perséphone se déplaça vers le bord de la table, sans quitter des yeux le placard près des pieds de Maggie.

Il y avait quelque chose en dessous. Quelque chose que la chatte pouvait sentir.

Quelque chose qui n'avait pas sa place.

Annabel se leva. « Merci pour la conversation. Et le thé. »

Maggie ne se retourna pas.

Elles sont parties sans un mot de plus.

***

Dehors, l'air semblait plus lourd.

Perséphone trottait en avant, sa queue battant comme un métronome de jugement.

« Elle ment, » marmonna Evie.

« Elle a peur, » a répondu Annabel. « Mais oui. »

« Et le carnet ? »

« Je ne sais pas. Mais Perséphone si. »

Elles marchaient en silence. La brise portait l'odeur du romarin et du sel.

Quelque part derrière eux, dans un chalet qui sentait vaguement l'eau de rose et le regret, une femme lavait trois assiettes dans lesquelles elle n'avait pas fini de manger.

Chapitre 5

Elles marchaient en silence.

Le gravier craquait sous leurs bottes lorsqu'elles quittèrent la maison de Maggie, l'odeur de l'eau de rose s'accrochant à leurs vêtements comme quelque chose d'inachevée.

Evie fourra ses mains dans les poches de son manteau. « Eh bien, c'était... gênant. »

Annabel hocha lentement la tête. « Elle n'a rien nié. Pas de manière convaincante. »

« Mais elle ne l'a pas admis non plus. Je ne sais pas ce qui était le plus évident : sa peur ou le fait qu'elle voulait que nous partions. »

Perséphone marchait devant eux, sa queue battant comme une minuscule détectrice de mensonges noir. Elle n'avait pas quitté des yeux la porte de Maggie jusqu'à ce qu'elles soient à mi-chemin de la maison.

« Elle a peur, » a déclaré Annabel. « Et je pense que c'est parce que le carnet... Si elle l'a pris, elle ne l'a plus. »

Evie leva un sourcil. « Alors, soit elle l'a transmis, soit elle l'a caché. »

« Elle avait l'air de quelqu'un qui regrette d'avoir fait confiance à la mauvaise personne, » murmura Annabel.

***

De retour à la librairie, Evie sortit une boîte poussiéreuse d'une étagère supérieure et la posa sur le comptoir avec un soupir. « Les archives de ma tante. Je n'ai pas dit que c'était des potins de l'institut des femmes et des recettes de biscuits, mais il se peut qu'il contienne quelque chose lié aux recherches d'Ernie.

Annabel l'ouvrit avec précaution. À l'intérieur, il y avait des enveloppes, de vieilles coupures de journaux et des notes écrites d'une main décisive.

Evie les feuilleta. « Elle a tout catalogué. Familles locales, transferts de terres, voire rotations de cultures. Attends, ici.

Une feuille marquée « *La Jument Dorée – 1891* ». Une liste de noms. En bas, écrit au stylo :

« Ils l'ont partagé. Et quelqu'un en a payé le prix. »

Les yeux d'Annabel se posèrent sur un nom : Elias Hale. Il a été souligné trois fois.

Evie fronça les sourcils.

« C'est la famille de Rupert. »

Annabel se pencha vers l'intérieur. « Il possède maintenant la moitié du village. Y compris le chalet dans lequel je vis avant que ne l'achète. »

Evie baissa les yeux sur le billet. « Mais pourquoi mentir ? Pourquoi avoir si peur de quelque chose qui s'est passé en 1891 ? »

La voix d'Annabel était basse. « Parce que certains héritages ne restent pas enterrés. Le profit de cette épave n'a pas disparu, il a été transmis. Tranquillement. »

Evie croisa les bras. « Et si quelqu'un comme Maggie tombait sur cette vérité... »

« Ils voudraient qu'elle se taise, » a déclaré Annabel.

Elles se regardèrent.

« Nous devrions retourner, » dit Annabel doucement. « Pour s'assurer qu'elle va bien. »

Perséphone miaula une fois, déjà assise à la porte comme si elle s'y attendait.

***

Le chalet de Maggie avait l'air de ce qu'il était auparavant, mais d'une certaine manière, plus silencieux.

Les rideaux étaient tirés. L'un des plants de lavande en pot s'était renversé. La fenêtre de la cuisine brillait, mais la lumière à l'intérieur n'était pas chaleureuse. C'était comme un décor de théâtre, attendant le prochain acte.

Annabel frappa.

Pas de réponse.

« Maggie ? » a-t-elle appelé.

Evie jeta un coup d'œil par la fenêtre latérale. Sa voix baissa. « Il y a quelque chose sur le sol. »

Perséphone s'accroupit près du seuil de la porte ; oreilles aplaties. Elle n'a pas miaulé.

Annabel essaya la poignée.

La porte s'est ouverte.

***

L'odeur les frappa instantanément : du sucre brûlé, quelque chose de floral et quelque chose de piquant et d'aigre en dessous de tout cela.

« Maggie ? » Annabel entra dans la cuisine.

Puis elles l'ont vue.

Elle était effondrée sur le sol, un bras tendu vers la chaise, l'autre inerte à ses côtés. Ses yeux étaient fermés, sa peau trop pâle. Pas de sang. Aucune blessure évidente.

Annabel s'agenouilla « Elle respire. Faible, mais sûrement. »

Evie sortit son téléphone, les doigts déjà en train de composer. « J'appelle une ambulance. »

Annabel scruta la pièce. Rien d'autre n'était déplacé.

Aucun signe d'entrée forcée. Pas de verre brisé. Son sac à main et ses bijoux étaient intacts.

« Ce n'était pas un vol, » a-t-elle déclaré.

Puis elle le vit : un coin de papier de carnet brûlé qui sortait de sous le placard contre lequel Maggie s'était affalée.

Perséphone s'élança en avant, s'accroupit et la tapota vers Annabel d'un léger battement de patte.

Annabel le ramassa avec précaution. Les bords étaient brûlés, l'encre tachée, mais une ligne était encore visible :

« Pas seulement à propos de l'or... »

Elle baissa les yeux vers Maggie. Puis à Evie.

« Elle a laissé entrer quelqu'un, » dit Annabel doucement. « Quelqu'un en qui elle pensait pouvoir avoir confiance. »

La mâchoire d'Evie se serra. « Et ils l'ont pris ? »

« Peut-être, » a dit Annabel. » Ou peut-être... Ils ont pris quelque chose qu'elle a dit. »

Sa voix baissa encore plus.

« Ce que Maggie savait n'était peut-être pas du tout dans le carnet. »

Chapitre 6

L'air de Little Firling avait changé.

Annabel l'a ressenti au moment où elle et Evie ont mis le pied dans le village. C'était la façon dont les rideaux se contractaient une seconde de trop, la façon dont les salutations étaient coupées et les conversations s'arrêtaient juste assez longtemps pour marquer un changement.

Perséphone les suivait avec une grâce concentrée, son pelage noir lisse comme de l'encre, ses yeux dorés absorbant tout.

Le village bourdonnait, non pas d'activité, mais de tension.

***

Elles passèrent devant Ronnie Parkes, le facteur, qui inclina sa casquette comme un homme cachant de la dynamite dans son sac postal. « Matin, dit-il, puis il ajouta d'un ton conspirateur, j'ai entendu que Maggie était toujours inconsciente. C'est drôle... Certaines personnes ont envoyé des fleurs avant même que l'hôpital ne publie la nouvelle. »

Il fit un clin d'œil et s'éloigna avec toute la subtilité d'une fanfare.

Evie leva un sourcil. « Est-ce qu'il vient de bavarder en morse ? »

Annabel sourit. « Je pense que c'était un oui, un avertissement et une légère menace déguisée en compliment. »

***

Premier arrêt : la boutique de jardinage de Kitty, où elle transformait un plateau de pensées d'hiver en un arrangement qu'ils n'appréciaient visiblement pas.

« Oh, Maggie, bénis soit son cœur, » gazouilla Kitty sans se retourner. « Terrible affaire. J'espère que ce n'était pas quelque chose... de dramatique. »

Annabel pencha la tête. « Est-ce qu'elle t'a déjà parlé d'Ernie ? »

Kitty s'arrêta une fraction de seconde. — « Oh, il était toujours là, n'est-ce pas ? Cartes et marmonnement. Il a dit qu'il travaillait sur quelque chose *de grand*. L'histoire locale et tout ça. »

Evie ne dit rien, mais Perséphone éternua ostensiblement hors du sentier.

« Charmante créature, » dit Kitty entre ses dents.

***

Plus loin dans la ruelle, Felix Barlow repositionnait un tract avec l'énergie de quelqu'un qui essaie d'effacer l'histoire avec une agrafeuse.

« Tu fouilles encore ? » demanda-t-il, sans lever les yeux.

« Tu espères une conclusion littéraire ? »

« Nous essayons juste de comprendre sur quoi Ernie travaillait, » a déclaré Annabel.

Felix leva les yeux au ciel. « Il poursuivait les contes de fées. Caisse onze, de l'or perdu, des cartes fantômes. »

Evie s'approcha. « N'as-tu pas écrit sur la Jument Dorée dans le trimestriel du village ? »

« J'écris sur des faits, » a rétorqué Felix. « Pas un fantasme de pub. »

Il s'éloigna en direction de nulle part, les bras raides.

Alors qu'elles se dirigeaient vers le pub, Annabel a murmuré : « Il est sur la photo. »

Evie cligna des yeux. « Félix ? »

« Sur le frigo de Maggie. Cette photo de groupe. Kitty. Rupert. Penfold, un peu derrière le treillis. »

« Ce n'était pas seulement une garden-party, » a déclaré Evie. « C'était une liste. »

« Une liste de secrets, » a répondu Annabel.

****

Elles passèrent la digue, où la plage était presque déserte à l'exception d'une silhouette.

Graham Hargreaves, son long manteau claquant au vent, ses écouteurs sur les oreilles, balayant méthodiquement son détecteur de métaux.

« Il est toujours ici, » a déclaré Evie. « Si quelqu'un peut trouver une pièce de monnaie pliée de 1863 ou un clou de l'invasion normande, c'est bien Graham. »

Elles ont regardé Graham Hargreaves s'arrêter au milieu d'un balayage sur la plage, s'accroupir et déterrer soigneusement quelque chose dans le sable. Il le fixa pendant un long moment, puis commença à marcher sur la pente vers eux.

Evie marmonna : « C'est nouveau. Habituellement, il disparaît comme un cryptide après avoir trouvé quelque chose. »

Graham s'arrêta devant eux, le vent ébouriffant ses cheveux gris sous un bonnet de laine usé. Il lui tendit une petite pochette en tissu.

« Je pensais que vous pourriez vouloir ça, » a-t-il dit.

Annabel le prit doucement. À l'intérieur, une pièce de monnaie – vieille, ternie par l'âge et gravée d'un motif qu'elle n'a pas immédiatement reconnu. Sur les bords, il y avait de minuscules marques qui auraient pu être des lettres... ou des symboles.

« C'est magnifique, » a-t-elle dit. « Savez-vous d'où ça vient ? »

Graham haussa les épaules. » Je ne l'ai pas trouvé. Elle m'a trouvé. »

Il se retourna pour partir, puis s'arrêta. « Tout ce qui est enterré ne veut pas rester ainsi. »

Perséphone renifla la poche, puis leva les yeux vers Graham avec ce qu'on ne pouvait décrire que comme une approbation solennelle.

« Merci, Graham, » a dit Annabel.

Il n'a pas répondu. Il s'est juste éloigné vers les rochers lointains, le détecteur de métaux se balançant comme un pendule du destin.

Evie lui donna un coup de coude. « Eh bien, ce n'était pas de mauvais augure du tout. »

Annabel rangea la pochette dans son sac. « Espérons simplement que c'est un indice, pas une malédiction. »

Les oreilles de Perséphone se contractèrent. « Encore un murmure du passé, » murmura Annabel.

***

Le pub du *Lièvre et le limier* était chaleureux, sombre et résonnait de conversations à voix basse. L'odeur de la bière et des rôtis du dimanche persistait dans le bois.

Henry Griggs, le barman, leur fit un signe de tête solennel. « Le coin arrière est calme. »

Perséphone sauta sur son tabouret habituel avec un flair aristocratique.

« Pâté de sardines ? » demanda Henry.

Elle a gazouillé une fois. Confirmé.

Evie secoua la tête. « Elle a un meilleur service à table que moi. »

« Ne le prends pas personnellement, » dit Henry. « Elle te lance des regards noirs. »

***

À une table voisine, Bertie le boucher s'est penché près de Bea Simmons, qui buvait un cidre.

— J'ai toujours dit que le sourire de Kitty était trop large, » murmura Bertie.

« Plus large que ses plates-bandes, » approuva Bea. « Et Félix ? Il cache quelque chose. Probablement sous ces horribles coudières. »

Dans un coin, Frankie le pêcheur buvait une pinte et murmurait pour lui-même : « La mer n'oublie pas. Elle se souvient. Et elle attend. »

Deux sièges plus bas, Tobias Marsh regardait sa tasse comme si elle contenait le passé.

« Il était après la Caisse onze, » dit doucement Toby.

Annabel se tourna vers lui. « Ernie ? »

« Oui. Comme les autres, mais plus fort. Il n'arrêtait pas de demander. »

Evie se pencha. « A-t-il trouvé quelque chose ? »

Toby tapota le bord de sa tasse. « Mon grand-père a laissé une lettre. Il disait que le naufrage n'était pas un accident. Il disait que des choses s'étaient échouées sur le rivage alors qu'elles n'auraient pas dû. »

Les yeux d'Annabel s'illuminèrent. « L'avez-vous toujours ? »

« Enfermée, » a dit Toby. « Et elle le restera jusqu'à ce que je sache que c'est sûr. »

Il retourna au silence comme un pont-levis qui se referme.

***

Près de la cheminée, Mme Penfold fit tinter son verre contre celui de Bea. « Je leur ai dit que si Ernie continuait à renifler, il finirait comme les archives de Florence Kemp – poussiéreuses, non lues et pleines de choses qu'il valait mieux laisser tranquilles. »

Annabel se redressa. « Florence Kemp ? »

Evie hocha la tête. « Florie. Ancienne bibliothécaire. Elle conserve toujours les vraies archives dans son chalet. Le genre avec de vraies fiches et des notes autocollantes manuscrites. Elle ne prête pas. Elle *garde.* »

« Ernie était là ? » demanda Annabel.

« Plus d'une fois, » dit Penfold. « Je ne sais pas ce qu'il lui a demandé mais cela lui a fait réagir. »

*****

Dehors, le crépuscule avait peint les toits des villages d'un bleu plus profond.

Perséphone sauta de son tabouret et s'avança à pas feutrés. Henry essuya silencieusement son assiette, comme si cela faisait partie de sa routine.

Annabel resserra son écharpe.

« Demain, dit-elle, nous rendons visite à Florie Kemp. »

« Avec ou sans rendez-vous ? » a demandé Evie.

« Avec Perséphone, » répondit Annabel. « Personne ne lui refuse l'accès. »

Chapitre 7

Le lendemain matin, brumeux et frais, le genre de silence gris des Cornouailles qui rendait les secrets un peu plus bruyants.

Annabel ajusta la bandoulière de son cartable, y fourra un bloc-notes, ses lunettes de lecture et trois sujets de conversation soigneusement rédigés. Evie arriva dix minutes en avance, avec un café et un sourire.

« Elle n'est pas vraiment amicale, » a averti Evie pendant qu'elles marchaient. « Une fois, elle a refusé de prêter un livre au vicaire parce qu'il lui avait rendu un autre livre avec une miette de biscuit dedans. »

« Et pourtant, » dit Annabel, « tu penses qu'elle nous laissera consulter ses archives privées ? »

Evie brandit un petit récipient en aluminium. « Je lui ai apporté des crèmes à la menthe poivrée. »

Annabel sourit. « Tu es venue préparée. »

« J'ai aussi apporté la véritable offensive de charme. » Elle baissa les yeux. « Tu viens, princesse ? »

Perséphone sortit de dessous la haie avec toute l'autorité calme d'une femme qui n'a jamais payé de loyer.

***

Le chalet de Florie Kemp se trouvait juste à la périphérie du village, caché derrière un enchevêtrement d'aubépine et de rosiers grimpants. Cela ressemblait exactement au genre d'endroit où les secrets étaient classés par ordre alphabétique et où personne n'osait s'aventurer sur le chemin de mousse.

Evie frappa deux fois. Puis encore.

Elles ont attendu.

Rien.

Puis, lentement, la porte s'ouvrit en grinçant, juste assez pour qu'un œil vert perçant puisse scruter l'extérieur.

« Oui ? »

« Bonjour, Florie, » gazouilla Evie. « Tu as l'air radieux comme toujours. »

« Je sais que tu mens. Que veux-tu ? »

« Nous sommes venues avec des crèmes à la menthe poivrée, » dit Evie, en tenant la boîte, « et une question sur Ernie Liddel. »

Une pause.

Puis la porte s'ouvrit un peu plus largement. « Qui est ton amie ? »

Annabel s'avança. « Annabel Lennox Deighton. J'habite dans le chalet qui appartenait autrefois à ... »

« Oui, oui. Celui que Rupert essaie sans cesse de gentrifier. »

Puis le regard de Florie se baissa.

À la fourrure noire. Les yeux vert-or. La chatte, maintenant assise sereinement sur le pas de sa porte comme un juge attendant un témoignage.

« Oh, » a dit Florie. « Eh bien. Si elle approuve... entrez. »

***

Le chalet sentait la menthe poivrée, le papier et la défiance. Les murs étaient tapissés d'étagères du sol au plafond – dépareillées, surchargées, cataloguées avec amour dans de petites étiquettes manuscrites.

Une horloge de grand-père faisait tic-tac quelque part à l'arrière comme si elle jugeait tout le monde.

« Asseyez-vous, » dit Florie, désignant une paire de chaises anciennes qui semblaient assez fermes pour améliorer la posture par la force.

Perséphone, naturellement, sauta sur un rebord de fenêtre bas et commença immédiatement à se nettoyer une patte, signalant sa satisfaction silencieuse.

« Tu as dit que tu avais une question sur Ernie ? »

« Nous pensons qu'il a peut-être découvert quelque chose d'important, » a déclaré Annabel. » Lié à la Jument Dorée. Et à l'effondrement de Maggie Cooke.

Florie s'assit, joignant les mains. « Il est venu me voir deux fois. Première fois avec des questions. Deuxième fois avec *des preuves.* »

Annabel et Evie échangèrent un regard. « Quel genre de preuve ? »

Florie se leva sans dire un mot et disparut dans l'arrière-salle.

Perséphone la suivit, la queue se balançant comme si elle avait été convoquée à une réunion du conseil.

Quand Florie revint, elle tenait un petit carnet noir, relié en cuir, vieilli et fermé par un morceau de ficelle verte.

« C'était sa sauvegarde, a-t-elle dit. »

Evie cligna des yeux. « Il avait une sauvegarde ? »

« Il était plus qu'on ne le pensait », a déclaré Florie. « Il savait que quelqu'un pourrait prendre l'original. Il m'a laissé celui-ci. Il m'a dit de ne pas dire un mot à moins qu'il ne lui arrive quelque chose. »

Annabel le prit avec soin. Le carnet était plus lourd qu'il n'en avait l'air. Pesé d'inquiétude.

« Nous croyons qu'il a été poussé du haut de la falaise, » dit doucement Annabel.

La bouche de Florie s'amincit. « Alors vous feriez mieux de le lire. Mais pas ici. Je ne veux plus de cette chose chez moi maintenant que l'histoire bouge. »

« Tu déménages ? » a demandé Evie.

« Les secrets ne restent pas immobiles, ma chère. Elles avancent. »

Annabel glissa le carnet dans son cartable.

Florie croisa les bras. « Encore une chose. »

Elles se retournèrent.

« Vous n'êtes pas les premiers à venir poser des questions sur Caisse onze. »

« Qui d'autre ? » demanda Annabel.

Florie eut un sourire lent et pointu.

« Quelqu'un sur la photo sur le frigo de Maggie. »

***

Alors qu'elles sortaient à nouveau dans le froid, Perséphone s'enroula entre les jambes d'Annabel, puis trotta en avant comme si elle venait de clore une affaire.

Evie expira. « Nous avons le carnet. »

« Et nous avons une liste de noms, » a déclaré Annabel.

Evie lui jeta un coup d'œil. « Et maintenant ? »

Les yeux d'Annabel étaient perçants.

« Nous voyons ce qu'Ernie essayait de nous dire. »

Chapitre 8

De retour à Honeystone Cottage, la bouilloire était allumée, les rideaux étaient tirés et Perséphone avait revendiqué sa position préférée – affalée luxueusement sur l'accoudoir du canapé, regardant Annabel et Evie avec l'air d'un agent littéraire félin examinant un manuscrit risqué.

Annabel dénoua la ficelle verte du carnet de sauvegarde d'Ernie. La housse en cuir était usée, ses coins mous à cause de la manipulation. La première page était blanche, mais la seconde ne contenait qu'une seule ligne en écriture ordonnée et délibérée :

« S'ils ont découvert cela avant que je ne meure, ce n'était pas un accident. »

Evie cligna des yeux. « Réconfortant. »

Annabel tourna la page. L'écriture était soignée au début, devenant peu à peu plus frénétique, comme si elle avait été écrite à la hâte ou par peur. Les entrées étaient datées, pas de manière cohérente, mais suffisamment pour former une chronologie.

***

Extraits du carnet :

3 juin

Caisse Onze à nouveau. Le manifeste dans les registres paroissiaux est incomplet. Quelque chose a été enlevé et recouvert. Le nom d'Elias Hale est partout – mais pourquoi tant de caviardages ?

17 juillet

Maggie dit que sa grand-mère se souvenait de la nuit de l'accident. Lanternes sur les falaises. Ce n'est pas un accident. Ils ont allumé le signal eux-mêmes. Qui d'autre l'aurait cru ?

2 août

J'ai trouvé le grand livre. Vieux, endommagé par l'eau, mais assez clair. Paiements effectués *après* le naufrage. Pas des fonds de sauvetage. Versements. Aux villageois.

15 août

Quelqu'un m'observe.

29 août

J'ai laissé le grand livre à quelqu'un de sûr. S'ils viennent pour le carnet, au moins il y a une piste. Je pense que c'est quelqu'un de proche. Sur la photo. Toujours souriant.

Dernière entrée (non datée)

Il y a quelque chose sous le plancher de l'ancien moulin. Caché dans les poutres. Je dois en être sûr. Ensuite, j'irai voir Tobias. Il a la lettre. Il *sait.*

***

Annabel ferma le livre lentement.

« Le grand livre n'est pas là, » a-t-elle dit. « Il l'a caché. Et il nous a laissé la piste.

Evie fronça les sourcils. » 'Quelqu'un sur la photo. Toujours souriant'. Kitty ? »

« C'est une prétendante, » a déclaré Annabel. « Mais Penfold l'est aussi. Ainsi que Rupert. »

« Et Tobias, » a ajouté Annabel. « Il est la prochaine étape. Il a la lettre qu'Ernie allait voir. »

Evie se leva. « Allons-y. »

Perséphone agita la queue comme pour dire *enfin*, et sauta à terre.

***

Le chalet de Tobias Marsh se dressait un peu à l'écart de la rue principale, à moitié camouflé dans le lierre et les embruns salés. Le jardin était sauvage, la porte s'ouvrait de travers et une vieille chaise en bois était posée en permanence à l'extérieur comme un gardien de phare à la retraite.

Tobias ouvrit la porte avant qu'elles ne frappent.

« Vous êtes en avance, » dit-il, non sans gentillesse. « Le thé est déjà servi. »

Elles le suivirent, se cachant sous les feux de croisement et l'odeur des herbes séchées.

Perséphone a immédiatement trouvé un endroit ensoleillé et a commencé à se toiletter.

« Je n'allais pas la montrer, » a-t-il dit en fouillant dans un tiroir. » Pas même à Ernie. Mais il s'en rapprochait. Et maintenant... eh bien. Je pense qu'il a payé pour cette proximité. »

Il revint avec un morceau de papier épais plié, jauni par l'âge et attaché avec un ruban rouge délavé.

« C'est de mon grand-père, » a-t-il dit. « Il était un jeune homme lorsque l'accident s'est produit. Mais il était là. Il a vu les lanternes sur les falaises. »

Annabel la prit avec respect.

***

La lettre :

12 décembre 1891

J'écris ceci pour personne d'autre que pour la vérité. Nous avons allumé les lanternes cette nuit-là pour ramener le navire à terre. Ce n'était pas le hasard. C'était une décision. Elias Hale nous a payés – moi, Jonah Rook et Sam Griggs. Il a dit que la cargaison lui appartenait de droit. Il nous a dit que c'était seulement de l'or, mais j'en ai vu plus. Un coffre. Lourd. Verrouillé avec un symbole étrange sur le loquet.

Après le naufrage, il a fait disparaître le grand livre. Il a dit que c'était trop dangereux.

Que quelqu'un d'autre nous observait. Nous n'avons jamais revu le coffre.

J'ai peur de porter ce poids dans la tombe.

***

Evie se pencha en arrière. « Ce n'est plus seulement une théorie. »

Annabel hocha lentement la tête. » Cela prouve que l'épave a été mise en scène. Qu'Elias Hale a payé les villageois. Que l'artefact, quel qu'il soit, a disparu. »

Tobias se gratta le menton. « Ernie pensait qu'il était toujours là. Il a dit quelque chose sur le moulin. »

« Nous allons vérifier là-bas, » a dit Annabel. « Mais prudemment. »

Elle rendit la lettre. « Merci, Toby. C'est important. »

Il hocha légèrement la tête. » Gardez un œil sur cette chatte. Elle voit plus que vous. »

Perséphone cligna solennellement des yeux. Approuvée.

***

Alors qu'elles sortaient dans la lumière de la fin de l'après-midi, Annabel baissa les yeux sur son cartable.

« Maintenant, nous avons un nom. Un rendez-vous. Un coffre. Et un grand livre manquant. »

« Et une liste croissante de personnes sur cette photo, » a ajouté Evie.

L'expression d'Annabel s'aiguisa. « Ensuite, nous trouvons l'artefact. »

Perséphone sauta sur le mur du jardin et les regarda comme pour dire :

« Qu'est-ce qui t'a pris si longtemps ? »

Chapitre 9

Elles arrivèrent au vieux moulin au moment où le soleil plongeait sous l'horizon, baignant la vallée d'une étrange pénombre qui semblait empruntée à un autre temps.

Le bâtiment résistait obstinément aux années : toit en ardoise rapiécé, murs patinés, porte encore légèrement pendue. Autrefois, il traitait le grain. Maintenant, il traitait les murmures.

Evie ajusta sa lampe de poche. « Alors, tu penses qu'Ernie voulait dire ici ? »

Annabel hocha la tête. « Il a dit qu'il y avait quelque chose sous le plancher. Dans les faisceaux. S'il avait raison... c'est là que Caisse onze se termine. »

Perséphone avançait, enjambant légèrement des dalles inégales comme si elle y avait vécu dans une vie antérieure. Elle s'arrêta près de la porte, se retourna et miaula une fois. Le genre sérieux.

Evie cligna des yeux. « Cela sonnait comme un avertissement. »

Annabel poussa la porte.

***

À l'intérieur, l'air était frais et humide, chargé de poussière, de vieux bois et d'une légère odeur d'air marin qui parvenait jusqu'ici à l'intérieur des terres. La lumière filtrait par les fentes des fenêtres condamnées. Tout grinçait.

Le rez-de-chaussée était vide, à l'exception de vieux tonneaux, d'une roue rouillée et d'ombres.

« Alors, par où commencer ? » murmura Evie.

Annabel désigna l'autre côté. « Les poutres de soutien. Cherchez quelque chose d'inhabituel. »

Elles se sont séparées. Perséphone s'attarda près d'une rangée de planchers, reniflant intensément. Elle donna un coup de patte à une étroite fente.

Annabel s'agenouilla à côté d'elle.

La poutre était usée, mais une planche était plus foncée que les autres. Comme s'il avait été touché plus souvent.

Elle passa sa main le long de celle-ci, puis s'arrêta. Là, près de la base, il y avait une petite échancrure. Circulaire. Environ la taille d'une pièce de monnaie.

« Evie, » dit-elle doucement. « Je crois que j'ai trouvé quelque chose. »

Evie est venue, braquant la lampe de poche. « Est-ce que c'est... un trou de serrure ? »

« Non. » Annabel sortit de son sac la petite pochette contenant la pièce que Graham lui avait donnée plus tôt dans la journée.

Elle l'enfonça dans le cercle.

Un clic doux.

La planche se déplaça.

D'un souffle, elles le soulevèrent ensemble.

***

Sous le sol se trouvait un compartiment peu profond. À l'intérieur, enveloppé dans des couches de toile cirée et attaché avec un ruban délavé, se trouvait un livre relié en cuir.

Pas un grand livre. *Le* grand livre.

Evie expira. « Nous l'avons trouvé. »

Annabel le libéra, les mains tremblantes légèrement.

Elle l'ouvrit lentement.

Des pages et des pages de transactions. Prénoms. Sommes d'argent. Et dans les marges, d'étranges symboles, dont l'un correspondait à la marque qu'Ernie avait copiée dans son carnet.

Mais ensuite... un autre son.

Un pas.

Pas les leurs.

Derrière eux.

***

Elles se sont figées.

Perséphone siffla, basse et aiguë comme un rasoir.

Evie leva sa torche.

La porte grinça de nouveau.

Quelqu'un était là.

Attentif.

Et puis, disparu. Une forme s'échappant dans la lumière déclinante.

Evie sprinta vers la porte mais ne vit que le dernier scintillement de mouvement se dirigeant vers les arbres.

« Ils nous observaient, » a-t-elle dit. « Ils attendaient peut-être. »

Annabel serra le grand livre contre sa poitrine. « Ils savent que nous l'avons maintenant. »

Perséphone sauta sur une poutre et regarda la porte comme si elle savait exactement de qui il s'agissait.

***

Dehors, le crépuscule s'était épaissi. Les lumières du village s'animaient au loin. Le vent portait le bruit de la mer et quelque chose de plus froid en dessous.

« Ils viendront pour ça, » dit Annabel en tenant le livre.

Evie hocha la tête. « Ensuite, nous nous assurons que cela se termine ici. »

Annabel regarda Perséphone, perchée comme une statue, la queue battante.

« Laissez-les venir, » a-t-elle dit.

Chapitre 10

Elles étendirent le grand livre ouvert sur la table de la cuisine d'Annabel.

Le livre sentait le bois humide et quelque chose de métallique, comme de l'encre et de la vieille culpabilité. Ses pages étaient épaisses et texturées, écrites d'une main acérée et oblique qui exigeait le respect. Perséphone était assise dans un coin de la table ; Les yeux fixés dessus comme si elle s'y attendait à un sifflement.

Annabel a feuilleté les premières entrées.

Evie se pencha. « Ces noms... Ce sont tous des villageois. »

« Ou des ancêtres des villageois, » a déclaré Annabel. « Et pas seulement des gens de 1891. Regarde les entrées ultérieures – elles durent des *décennies.* »

Registres de paiement. Notes de réunion. Les marges détenaient les vrais secrets.

Griffonnées à l'encre, des phrases comme :

« Cu sécurisé. Grand livre déplacé. »

« Renforcez les supports des tunnels. »

« Penfold a de nouveau averti – les lèvres lâches. »

« R. Hale organisant la discrétion. »

Evie pointa du doigt ce dernier. « C'est *le grand-père de Rupert*, n'est-ce pas ? »

« Ou peut-être son père, » dit Annabel. « Les Hales ont toujours détenu les clés. »

« Et Penfold, attends. » Evie retourna quelques pages en arrière. « Ici. La famille de Felix Barlow. Un certain 'J. Barlow' a été indemnisé après le naufrage. »

L'expression d'Annabel s'assombrit. « Le nom de famille de Kitty est Simmons. Regarde ici : B. Simmons – couverture de stock de boulangerie, décembre 1891. »

« Tout le monde sur cette photo, » dit lentement Evie, « a un lien avec ce livre. »

***

Elles ont fait une liste.

Chaque nom. Chaque lien. Et une nouvelle question à côté de tout le monde.

À la fin, la page était bondée :

Rupert Hale — liens fonciers, propriété foncière, liens avec l'ancien moulin

Mme Penfold — la famille liée à la communication et à la répression de la dissidence

Felix Barlow — possible historien rival ou gardien de la honte familiale

Kitty Simmons — distraction joyeuse ou diversion délibérée

Tobias Marsh — la lettre, le témoin

Bea Simmons — parente de Kitty ? Liée aux écritures du registre alimentaire ?

***

La sonnette retentit. Elles se sont figées.

Evie jeta un coup d'œil par la fenêtre. « Quand on parle du diable, » murmura-t-elle.

C'était Rupert Hale.

Habillé impeccablement. Les cheveux étaient juste assez balayés par le vent pour être dignes de confiance. Souriant comme un homme qui ne s'est pas contenté d'enterrer un secret de village.

Annabel glissa le grand livre sous un torchon et ouvrit la porte juste une fissure.

« Rupert, » a-t-elle dit, la voix froide.

« Annabel, » a-t-il souri. » J'espère que je ne vous dérange pas. Je déposais juste un petit quelque chose. Tu l'as laissé dans la boutique du village. »

Il tendit un bout de papier — un reçu. Inoffensif.

Trop inoffensif.

« Merci, » dit-elle sans tendre la main vers lui.

Il n'est pas parti.

Au lieu de cela, il regarda par-delà son épaule, les yeux fixés sur la table de la cuisine. Son regard se posa – une fois – sur le livre couvert du torchon.

« Tu sais, » dit-il d'un ton désinvolte, « ce village a le don d'envelopper les gens dans ses histoires. Tu verras qu'il vaut mieux laisser certaines tranquilles. »

Annabel soutint son regard. « Et certaines valent la peine d'être terminées. »

Son sourire ne faiblit pas. Mais il n'atteignait plus ses yeux.

« Fais-moi savoir si tu as besoin de quoi que ce soit, » a-t-il dit doucement. « Je garde toujours une clé de rechange pour ton chalet. Par courtoisie. »

Elle ferma la porte avant qu'il n'ait fini sa phrase.

Evie expira. « Subtil. »

Perséphone laissa échapper un grognement sourd.

Ce soir-là, elles ont verrouillé toutes les fenêtres.

Le grand livre fut placé dans un coffre-fort qu'Annabel avait presque oublié qu'elle avait, caché derrière ses livres de romans policiers anciens.

Perséphone se blottit sur le toit du coffre-fort.

Le garder.

Comme si elle comprenait tout.

Et quelque part dans le village, quelqu'un planifiait déjà son prochain mouvement.

Chapitre 11

La pluie chuchotait contre les fenêtres de Honeystone Cottage, le genre de bruine lente et régulière qui brouillait le monde et faisait persister les ombres. Le feu crépitait doucement.

Perséphone somnolait sur le rebord de la fenêtre... ou du moins feint de le faire.

Ses oreilles restaient tremblantes. À la table de la cuisine, Annabel tourna les pages du grand livre comme s'il allait mordre.

« Cette écriture change ici, » murmura-t-elle.

Evie se pencha. « Ce n'est pas Rook ? »

« Non. Une main différente. Plus délibéré. Quelqu'un d'autre a pris le relais. »

Elles ont retracé les inscriptions. Les premiers – pressés, anxieux. Les derniers — méticuleux. Calme, même. Mais le contenu ? Tout le contraire.

***

Mai 1939

Rook a disparu. Il a emporté sa culpabilité avec lui. L'or persiste encore. Les mensonges aussi.

Octobre 1978

Le petit-fils de Hale se lève. Tout comme son père. Il ne croit pas aux fantômes, mais il en est un.

***

Annabel s'arrêta sur la dernière page.

Si vous avez trouvé ça, je ne suis plus là...

Je l'ai écrit parce que quelqu'un devait le faire.

Laissons la vérité respirer à nouveau.

—J.R.

✳✳✳

Elles restèrent assises en silence pendant un moment.

Puis Evie a dit, calmement : « Tu te rends compte que nous détenons la seule copie de la vérité. »

Annabel hocha lentement la tête. « Et il est dans ma maison, ainsi que le carnet d'Ernie. »

Elle regarda vers la porte d'entrée, se souvenant du sourire parfait de Rupert – et de la façon dont ses yeux s'étaient tournés, sans y être invités, vers sa table de cuisine.

« Je garde toujours une clé de rechange pour ton chalet... »

Son thé avait refroidi.

Evie l'observa. « Annabel... Tu ne crois pas qu'il nous ait suivis jusqu'au moulin, n'est-ce pas ?

Annabel ne répondit pas. Son esprit s'emballait déjà.

Rupert était apparu beaucoup trop tôt après leur découverte. Personne n'*aurait dû* savoir qu'elles étaient allées au moulin. Mais d'une manière ou d'une autre, il l'a fait. Et s'il avait une clé du chalet...

« Est-ce que c'est juste Rupert ? » murmura Annabel. « Ou quelqu'un d'autre y a accès ? »

« Maggie, » dit Evie, hésitante. » Avant qu'elle ne tombe dans ce coma. Elle avait l'habitude d'aérer l'endroit. S'assurer qu'il reste habitable. »

Perséphone s'agita, sauta à terre et se dirigea vers la porte de la cuisine. Elle resta assise. Attentive.

Evie suivit son regard.

« Tu l'as verrouillé, n'est-ce pas ? »

Annabel hocha la tête. « Et celui de derrière. Mais si quelqu'un *voulait* entrer... »

Evie se leva. « Nous déplacerons le carnet et le grand livre. Quelque part où personne ne regarderait. »

Annabel fixa le grand livre pendant un long moment.

« Ça ne va pas, » dit-elle doucement. « Ce n'est plus un simple mystère. C'est quelque chose que des gens ont tué pour le garder enfoui. »

Evie croisa les bras. « Et maintenant, il est sur votre table de cuisine à côté d'un bol de fruits. »

Elles enveloppèrent le grand livre dans un vieux pull et le glissèrent dans le petit coffre-fort mural caché derrière la rangée de romans policiers vintage d'Annabel. Le cahier est entré aussi. Le cadran se referma avec un clic.

Perséphone se leva immédiatement et se gara sur l'étagère au-dessus.

Garde.

Comme toujours.

***

Plus tard, près du feu, Evie s'est recroquevillée dans le fauteuil, une couverture et un regard de plus en plus inquiet sur son visage.

Annabel regardait dans les flammes.

« Je ne suis pas détective, » murmura-t-elle. « J'étais professeur de littérature. J'avais l'habitude de lire des romans policiers. Maintenant, j'en vis un. Et je ne sais plus où se trouve la limite. »

Evie leva les yeux. » Tu sais ce que je pense ? Je pense que tu as toujours été destiné à résoudre quelque chose de plus grand que la fiction. »

Annabel sourit, mais il n'atteignit pas tout à fait ses yeux. « Je ne m'attendais pas à ce que la fiction me résiste. »

Dehors, la pluie s'est transformée en vent. Un volet claquait contre le mur.

Le regard d'Annabel se tourna vers les fenêtres sombres.

« Ceux qui ont caché ce grand livre... voulaient qu'on finisse. Mais finir pourrait signifier réveiller tout ce qu'ils ont essayé d'enterrer. »

Evie leva sa tasse. « Alors, assurons-nous que ce soit nous qui écrivons la dernière page. »

Chapitre 12

La foire printanière de Little Firling a toujours été la forme de distraction de masse préférée du village.

Les bruants pendaient mollement dans la brise humide, les échoppes bordaient le vert et l'odeur de la pâte sucrée, des rouleaux de saucisses et de l'herbe mouillée s'accrochait à tout.

Il y avait des enfants qui couraient autour de l'arbre de mai, des retraités qui discutaient des textures des éponges, et quelque part – comme toujours – Ronnie le facteur distribuait des potins aussi naturellement que des tracts.

Mais cette année ?

Quelque chose n'allait pas.

Trop d'yeux se croisèrent. Trop de sourires s'étirèrent. Les rires semblaient performatifs, comme si le village montait un spectacle auquel il ne croyait plus.

***

Annabel se tenait à côté d'Evie à la tente de thé, serrant des gobelets en papier de breuvage laiteux et regardant la foule comme si elle parcourait une couverture d'Agatha Christie.

« Rupert n'est pas là, » a dit Evie en sirotant.

« Ce qui est bizarre, car il préside généralement la vente aux enchères de confitures et fait l'éloge de la crème au citron de tout le monde comme si elle était plaquée or. »

Le regard d'Annabel balaya le vert. « Kitty non plus. »

Evie fronça les sourcils. « Kitty ne rate jamais une foire. C'est grâce à elle que la catégorie « meilleur bouquet d'herbes » existe. »

Perséphone, nichée dans son panier de voyage sur la table derrière eux (hautement illégal, absolument incontestée), laissa échapper un petit cri inquisiteur.

Un avertissement.

Annabel se retourna au moment où Bea Simmons s'approchait, les joues rouges, le tablier saupoudré de farine et les yeux un peu trop brillants.

« L'après-midi, » a-t-elle dit, d'une voix trop joyeuse. « Beau temps pour ça. »

« Bien sûr, » répondit sèchement Evie, jetant un coup d'œil au ciel menaçant.

« Bonjour, » dit-elle d'une voix excessivement joyeuse. « Il fait un temps magnifique. »

« Bien sûr, » répondit sèchement Evie en jetant un coup d'œil au ciel menaçant.

Bea se pencha, puis baissa la voix. « Tu ne m'as pas entendue... mais Penfold est devenue silencieuse. Elle a annulé son groupe de lecture. Elle dit qu'elle ne se sent pas bien. »

Evie cligna des yeux. « Elle n'a jamais manqué un mardi depuis 1989. »

Bea hocha la tête. « Et Graham - n'a pas été vu depuis deux jours. »

Annabel se raidit. « Que voulez-vous dire, pas vu ? »

« Son compagnon de Penzance est venu le chercher ce matin. Il a dit qu'il était censé le rencontrer hier. Rien.

Bea jeta un coup d'œil autour d'elle, puis leur tendit une serviette en papier pliée.

« Je l'ai trouvé sous son tabouret habituel au Lièvre et le limier. Je ne l'ai pas dit à Henry. Je me suis dit... que vous le voudriez. »

Elle a disparu dans la foule avant qu'elles n'aient pu demander davantage.

Annabel déplia la serviette.

À l'intérieur se trouvait une note, écrite dans une écriture frénétique et exiguë.

Ils savent que je le lui ai donné.
J'aurais dû le brûler.
Je suis surveillé.

Si quelque chose se passe, regardez sous la roue rouillée.

Evie murmura : « C'est l'écriture de Graham. »

Annabel plia lentement le billet.

« Nous devons retourner au moulin. »

***

Comme elles s'éloignaient de la foire, les nuages au-dessus d'eux s'assombrirent.

De retour à la chaumière, Perséphone s'assit près de la porte, raide, la queue agitée.

« Quelqu'un était dans le jardin pendant notre absence, » dit doucement Evie, en montrant une empreinte de chaussure fraîche près du carré d'herbes aromatiques.

La voix d'Annabel était ferme. « Ils nous mettent en garde maintenant. »

Evie croisa son regard. « Ce qui signifie que nous sommes proches. »

Annabel hocha la tête. « Trop proches. »

Chapitre 13

Le moulin était plus sombre qu'elles ne s'en souvenaient. Le ciel, maintenant épais de nuages de pluie, avait étouffé les dernières lueurs printanières. Ce qui avait autrefois semblé être une relique oubliée se sentait maintenant... Regardé. Comme si l'air lui-même retenait son souffle.

Perséphone bondit des bras d'Annabel au moment où elles franchirent le seuil, s'avançant avec une autorité silencieuse. Sa queue était levée, ses pas lents et intentionnels.

Evie a cliqué sur sa torche. « Tu es sûr que c'était *cette* roue ? »

Annabel hocha la tête. « Graham a dit : « Sous la roue rouillée ». Il ne reste plus que le train principal près des poutres de support. »

Elles se déplacèrent sur les planches du plancher grinçantes, en prenant soin d'éviter les fissures plus profondes. La roue se trouvait dans le coin le plus éloigné, à moitié effondrée, flanquée d'une pile de fûts vides et d'un mur de pierre tachée de lierre.

Annabel s'accroupit à côté. C'était là, le même faisceau. La même légère indentation.

Elle sortit la pochette en tissu de la poche de son manteau – celle que Graham lui avait tendue quelques jours auparavant, la pièce toujours nichée à l'intérieur.

Elle pressa la pièce dans la rainure.

Clic.

Un *léger rictus mécanique* résonna sous les planches. Un panneau caché s'est déplacé.

Evie s'avança. « Cela ne cesse jamais d'être effrayant. »

Ensemble, elles soulevèrent la planche.

***

L'odeur de la toile cirée et de l'âge se répandit comme un murmure.

À l'intérieur, niché dans un creux peu profond, se trouvait un livre relié en cuir – plus épais que le carnet d'Ernie, relié en cuir noir craquelé, les bords usés lisses.

Annabel l'a soulevé avec soin, comme si le poids n'était pas seulement physique.

Evie siffla. » Ce n'est pas celui d'Ernie. C'est... ?

Annabel hocha la tête. « Le grand livre. »

Elles l'ouvrirent sur un établi dans le coin le plus éloigné, où la lumière de la torche ne prendrait pas à travers les interstices des planches.

Les pages étaient denses – noms, dates, sommes. Chaque ligne est écrite avec précision.

Et puis, à mi-chemin, l'écriture a changé.

***

Mai 1939

Rook a disparu. Il a emporté sa culpabilité avec lui. L'or persiste encore.

Juin 1944

Les enfants des naufrageurs tiennent maintenant la ligne. Certains ne savent même pas ce qu'ils protègent.

Avril 1962

Ils ont essayé de détruire le livre. Je l'ai sauvegardé. Cette copie est tout ce qu'il reste.

Octobre 1978

L'héritier de Hale regarde. Fait semblant de ne pas voir. Mais il sait.

***

Evie murmura : « Il y a deux écrivains. »

Annabel hocha la tête. « Rook a commencé. Mais quelqu'un d'autre... quelqu'un qui en a hérité – l'a terminé. »

Elles atteignirent la dernière page.

Une encre différente. Une main plus lente.

***

Entrée finale

J'ai gardé la vérité aussi longtemps que j'ai pu. Je l'ai caché là où tout a commencé. Que le vent le protège.

Vous ne me connaissez peut-être pas. Mais si vous lisez ceci... Cela signifie que vous étiez censé le faire.

Laissons la vérité respirer à nouveau.

—J.R.

***

Elles restèrent silencieuses.

Même Perséphone interrompit sa patrouille silencieuse et resta parfaitement immobile près de la porte, comme si elle montait la garde.

Annabel ferma doucement le livre.

« Nous devons sortir cela d'ici. »

Evie hocha la tête. « Avant que quelqu'un d'autre ne le fasse. »

Elles sortirent dans l'air frais du soir, le cœur plus lourd, les pieds plus rapides.

Quelque part derrière eux, un plancher grinçait.

Mais quand elles se sont retournées, il n'y avait personne.

Seulement le bruit du vent à travers les chevrons brisés... et un doux miaulement de Perséphone, bas et avertissement.

Chapitre 14

La pluie avait cessé, mais l'air était humide et inquiet.

De retour à Honeystone Cottage, le grand livre était scellé à l'intérieur du petit coffre-fort mural d'Annabel, caché derrière une rangée de romans policiers vintage auxquels personne n'avait touché depuis des décennies. Perséphone, comme toujours, avait repris son poste au-dessus d'elle, comme un sphinx rancunier.

Evie a fait du thé. Fort. Pas de fioritures.

Aucun d'eux n'a dit grand-chose. Le silence n'était pas gênant – il *était en train de se charger.*

Puis...

Toc toc.

Deux tapotements doux et parfaitement synchronisés.

Annabel se figea, une tasse de thé à mi-chemin de ses lèvres.

Evie jeta un coup d'œil par la fenêtre latérale.

« Bien sûr, » murmura-t-elle. « C'est Rupert. »

Annabel soupira et posa sa tasse. « Laissez-le entrer avant qu'il ne frappe à nouveau et ne commence à bavarder avec les hortensias. »

Elle ouvrit la porte.

Et il resta là.

Rupert Hale — col de manteau tourné juste assez pour suggérer un drame, cheveux charmants au vent, yeux trop savants pour être confortables.

« Bonjour, » a-t-il dit avec ce sourire inébranlable. J'espère que je ne vous dérange pas. »

Annabel s'écarta. « C'est généralement le cas. »

« Ah, » gloussa-t-il. « Tu as toujours été plus futée que la plupart de nos importations locales. »

Evie planait dans la cuisine ; bras croisés. Pas hostile. Juste... préparée.

Rupert entra à l'intérieur, jetant un coup d'œil une fois – et une seule fois – vers la cheminée et l'étagère à côté.

Annabel l'a vu. Perséphone aussi. Sa queue battit.

« J'étais juste dans la zone, » a-t-il dit, en enlevant ses gants. « Je pensais que j'allais m'enregistrer. Vous avez été... Occupées, n'est-ce pas ?

La voix d'Annabel était calme. « Si vous voulez dire que j'ai assisté à la foire du village, oui. J'ai même pris une part de la tarte aux cerises douteuse de Bea Simmons. »

Le sourire de Rupert ne faiblit pas. « Non, je voulais dire l'*autre* type d'occupé. Le moulin. Promenades tardives. Conversations curieuses. »

Evie se hérissa. « Y a-t-il un problème, Rupert ? »

Il se retourna. — « Pas du tout. Juste un doux rappel que Little Firling a un moyen de *protéger sa paix.* Il vaut mieux laisser certaines histoires dans les pages où elles appartiennent. »

Annabel s'avança. « Certaines histoires n'ont jamais été racontées correctement au départ. »

Une pause.

Puis le regard de Rupert s'aiguisa légèrement.

« Je suppose que je devrais mentionner, dit-il doucement, que j'ai encore une clé de rechange pour ce chalet. C'est un peu un oubli, vraiment. De l'époque où c'était dans la famille. Quelques habitudes... s'attarder. »

Il sourit plus largement.

Annabel n'a pas cligné des yeux. « Alors peut-être qu'il est temps de rompre avec ces habitudes. »

Rupert recula vers la porte, essuyant des peluches invisibles de sa manche.

« Eh bien. Je ne te garderai pas. »

Il se retourna, la main sur le bouton.

« Oh, » ajouta-t-il par-dessus son épaule, « et si vous tombez sur quelque chose de curieux – de vieux papiers, des affaires de famille – faites-le moi savoir. Je détesterais quelque chose... sensible de tomber entre de mauvaises mains. »

Il est parti.

La porte se referma derrière Rupert.

Le silence qui a suivi était plus lourd qu'il n'aurait dû l'être.

Annabel retourna lentement à la fenêtre. La voie était vide maintenant. Le vent s'était levé, juste assez pour faire vibrer le treillis.

Elle pressa ses doigts sur le rebord.

« Tu détesterais ça, n'est-ce pas, Michael ? » pensa-t-elle. *« Tous ces chuchotements et ces postures. Tu lèverais les yeux au ciel et dirais*

que ça ne vaut pas la peine de faire des histoires. Puis tu ferais du café et tu m'aiderais quand même à déchiffrer. »

La douleur était basse dans sa poitrine – un écho familier. Émoussée. Pas partie.

Elle tendit la main et toucha le dos de son vieux carnet de cartes sur l'étagère. Toujours là où elle l'avait laissé. Non ouvert, mais pas oublié.

« Eh bien, dit-elle à haute voix, la voix se stabilisant, nous sommes dedans maintenant. »

Derrière elle, Perséphone laissa échapper un trille bas d'approbation.

Puis Evie a explosé : « Il crie pratiquement qu'il sait que nous l'avons ! »

Perséphone grogna bas et profondément. Pas de peluches. Tous les avertissements.

Annabel se dirigea vers le coffre-fort et vérifia le cadran. Toujours verrouillé.

« Je ne pense pas qu'il bluffe, dit-elle doucement. « Il a la clé. Ou en avait un. Et maintenant, il veut nous ébranler.

Evie expira. « Eh bien, ça marche. »

Annabel se tourna vers la fenêtre et regarda Rupert disparaître dans la ruelle.

« Non. Pas encore. Mais il est inquiet. C'est bien.

Elle regarda Evie. « Maintenant, nous devons découvrir exactement ce qu'il cache – et qui l'aide à le cacher. »

Chapitre 15

Il était bien plus de minuit quand Annabel rouvrit enfin le grand livre.

Le coffre-fort grinça légèrement lorsqu'elle tourna le cadran. Les pages portaient encore cette vieille odeur, comme le sel, la moisissure et l'haleine longue. Evie était assise en tailleur sur le tapis avec son ordinateur portable, fouillant dans les registres de propriété en ligne et les archives de journaux à moitié oubliés. Perséphone était recroquevillée à côté d'elle comme un marque-page poilu et critique.

Annabel était assise à la table, une tasse fumante de thé à la menthe poivrée à côté d'elle.

« Je n'arrête pas de penser à ce que Rupert a dit, » murmura-t-elle.

Evie leva les yeux. « L'essentiel ? »

« Le truc du 'vous avez été occupées'. Il ne savait pas seulement que nous étions allés au moulin. Il *sait* ce que nous avons trouvé. Ou il soupçonne. »

« Peut-être les deux, » a déclaré Evie. « Il joue aux échecs pendant que tout le monde cherche encore l'échiquier. »

Annabel feuilleta à nouveau le grand livre. L'écriture s'était resserrée dans les dernières pages – plus anxieuse, plus consciente que le temps presse.

Puis elle s'arrêta.

Un nom.

« G.H. » – paiement pour dissimulation, suppression des doublons du registre Caisse II (1986)

Annabel fronça les sourcils. « G.H.... »

Elle attrapa le cahier de secours d'Ernie et commença à tourner les pages. Dans la marge de l'une des dernières entrées, griffonnée à côté d'un croquis du moulin, Ernie avait souligné trois initiales :

G.H. – sait. Il ne veut pas qu'il soit retrouvé.

Evie se pencha. « Ce n'est pas Graham Hargreaves, n'est-ce pas ? »

« Il le faut. » murmura Annabel. « C *est* lui qui a trouvé la pièce. Et il me l'a donné – – mais et si c'était après avoir essayé de se débarrasser du reste. »

« Mais... il a disparu, » a déclaré Evie. « Il nous a laissé la note. Pourquoi aiderait-il et disparaîtrait-il ensuite ? »

Annabel se tourna de nouveau vers la serviette de table, celle que Bea leur avait donnée à la foire.

Ils savent que je le lui ai donné... J'aurais dû le brûler...

« Il avait peur, » dit Annabel. « Il savait quelque chose. Peut-être plus qu'il ne l'admettait. Et quelqu'un ne voulait pas qu'il parle. »

Evie fixa l'écriture du grand livre. « Il a été payé pour en retirer une copie. En 1986. Cela signifie que quelqu'un – peut-être le deuxième responsable du grand livre – l'avait copié. Et quelqu'un comme le père ou l'oncle de Rupert a payé Graham pour le retrouver et le détruire. »

« Mais Graham n'a pas détruit *cette* copie, » a déclaré Annabel. » Donc, soit il a échoué, soit... Il a menti. »

***

Le silence s'épaissit dans la pièce.

Puis Perséphone se leva.

Elle fit les cents pas sur le tapis, puis sauta sur la table, fixant fixement le grand livre, puis vers la porte.

Evie pencha la tête. « Est-ce qu'elle suggère que quelqu'un d'autre arrive ? »

Annabel sourit faiblement. « Non. Elle dit que nous avons ce que quelqu'un veut. Et ils savent où nous trouver. »

***

Annabel attrapa une nouvelle feuille de papier et commença à dessiner des colonnes.

L'épave d'origine

Les paiements

Le deuxième gardien du grand livre

Graham

Le doublon manquant

Rupert

Evie se pencha. « Qu'est-ce que tu fais ? »

« Organiser la vérité, » a dit Annabel. « Avant que quelqu'un n'essaie de le détruire à nouveau. »

Perséphone sauta de table et commença à fouiller dans le placard sous l'étagère.

Evie leva un sourcil. « Qu'est-ce qu'elle fait maintenant ? »

Annabel la suivit.

Derrière l'armoire, quelque chose était collé sur le panneau arrière.

Une lettre pliée.

Annabel l'enleva.

Elle l'ouvrit lentement.

***

À celui qui trouvera le grand livre :

J'ai essayé de la garder précieusement. Mais ils l'ont découvert. Si cette lettre est toujours là, c'est que je ne suis pas revenu.

Ne faites pas confiance à ceux qui sourient. Ne faites pas confiance à ceux qui se souviennent avec tendresse du naufrage.

Ce n'est pas l'or qui nous a maudits, c'est le silence.

— G.H.

***

Annabel murmura : « Il *a laissé* quelque chose. »

Evie regarda la lettre fixement. « C'est son dernier mot. »

Et Perséphone ?

Elle resta parfaitement immobile.

Comme si elle avait toujours su où se cachait la vérité.

Chapitre 16

C'est juste après l'aube qu'Evie s'est présentée à Honeystone Cottage avec un rouleau de papier de boucherie, une pelote de laine rouge emmêlée et trois punaises déjà coincées dans sa manche.

Annabel cligna des yeux depuis la porte d'entrée, toujours dans sa robe.

« J'ai apporté de la caféine, » annonça Evie, en tenant un grand thermos. « Et *la chaîne de justice.* »

Perséphone trottait derrière elle, la queue haute, comme si tout cela était parfaitement normal.

***

La salle à manger est devenue la salle de guerre.

Annabel débarrassa la table. Evie déroula le papier de boucherie sur le mur du fond. Perséphone, après une première enquête sur la corde, décida que le rebord de la fenêtre offrait un point de vue supérieur et s'installa.

Annabel a épinglé la copie de la photo du réfrigérateur au centre.

« Commencez ici, » a-t-elle dit. « Les connus. »

Evie a épinglé des noms et des connexions autour de lui :

Rupert Hale — agent immobilier, clé du chalet d'Annabel, descendant d'Elias Hale

Kitty Simmons — absente de la foire, nom de famille dans le grand livre

Felix Barlow — sceptique du public, histoire familiale dans le grand livre

Mme Penfold — retrait suspect de la vie sociale

Bea Simmons — leur a donné la note de Graham

Graham Hargreaves — disparu, ancien nettoyeur de copies de registres

Maggie Cooke — inconsciente, a essayé d'avertir Annabel, connaissait Ernie

Annabel recula. « Ils sont tous liés à l'affaire initiale, ou tentent de réparer les dégâts. »

Evie a noué du fil rouge entre Rupert et Maggie. « Elle a dit qu'il surveillait Ernie. On a supposé que ce fût Félix, mais... »

***

Perséphone sauta du rebord de la fenêtre.

Elle s'est approchée du fil au trot, l'a regardé comme une proie, et a détaché une boucle du mur.

Il dansait dans l'air, se déroulait... et atterrit entre Kitty Simmons et Rupert Hale. Le fil s'est collé aux deux points.

Annabel inclina la tête.

Evie leva les yeux au ciel. « Vraiment ? »

Puis elle cligna des yeux. « Attends. »

« Elle vend ses fleurs dans une serre sur la propriété de Hale, » murmure Annabel.

Les yeux d'Evie se plissèrent. « Et elle a toujours dit qu'elle obtenait un « accord » sur le bail. Elle l'a toujours défendu – *toujours.* »

Annabel s'avança. « Il protège son gagne-pain. Elle protège sa réputation. »

Evie attrapa un stylo et griffonna une épaisse flèche rouge entre leurs noms.

Perséphone s'assit à côté du lien accidentel, fière.

Annabel leva un sourcil. « Elle est plus efficace que le moulin à rumeurs du village. »

« Elle *est* le moulin à rumeurs, » marmonna Evie.

***

Elles ont ensuite épinglé le carnet de sauvegarde, le grand livre et la dernière lettre de Graham.

Evie regarda la toile.

« Je pense que nous en avons assez pour pousser quelqu'un à craquer. »

Annabel hocha la tête. « Nous avons donc besoin d'un piège. »

Les yeux d'Evie brillèrent. « Oh, j *'adore* les pièges. »

***

Le plan s'est formé lentement, couche par couche :

Elles « découvriraient » un autre indice – un indice dont le tueur ignorerait l'existence. Quelque chose qui pourrait suggérer *qu'une copie du grand livre avait déjà été envoyée à quelqu'un d'autre.*

Un message – vague, mais accablant.

Elles disaient qu'elles allaient le livrer à la police la nuit suivante.

En personne.

À l'ancienne chapelle où les membres de l'institut des femmes organisaient leur soirée quiz caritative.

« Il faut que ce soit public, » a déclaré Annabel. « Quelque part, où ils essaieront de nous arrêter avant notre arrivée. S'ils mordent à l'hameçon...

« Ils vont bouger, » termina Evie. « Et nous serons prêtes. »

***

Cette nuit-là, Annabel se tenait dans le couloir, fixant la toile rouge qui s'étendait sur son mur.

Cela avait commencé avec un corps sur une falaise. Un carnet dans un buisson. Une chatte avec des opinions.

Maintenant ?

C'était une guerre de silence et de secrets –
et elles étaient sur le point de la faire entendre.

Perséphone sauta sur le buffet et miaula
une fois.

Permission accordée.

Chapitre 17

La tempête n'a pas attendu avec de la subtilité.

À la tombée de la nuit sur Little Firling, le ciel était devenu d'un gris meurtri, et le premier coup de tonnerre retentit sur le village comme un coup de semonce. Les volets des fenêtres se fermèrent. Les enseignes des magasins battirent violemment sur leurs gonds. La mer s'écrasa contre les falaises dans de grands soupirs furieux.

À l'intérieur de Honeystone Cottage, l'atmosphère était électrique — et pas seulement parce que les lumières du plafond avaient clignoté deux fois.

Annabel fit les cents pas. Evie regardait depuis le canapé, un œil sur son amie, l'autre sur Perséphone, qui s'était postée comme une gargouille sur le rebord de la fenêtre, la queue tremblante d'une agression silencieuse.

« La lettre est dans l'enveloppe, » dit Evie en la brandissant. « Pas de noms, pas de détails – juste assez pour suggérer que quelqu'un d'autre a le grand livre et l'envoie à la police. »

Annabel hocha la tête. « Et nous le porterons bien en vue demain soir. À la chapelle. Public. Bruyamment. »

« Si quelqu'un fait un geste ce soir, cela signifie qu'il ne peut pas attendre. Cela signifie qu'ils sont désespérés. »

Le tonnerre gronda de nouveau.

Annabel vérifia la porte arrière. Verrouillée. Puis elle l'a vérifié à nouveau.

« Penses-tu que c'est Rupert ? » a demandé Evie. « Ou Kitty ? »

Annabel hésita. « Je pense que ce sera celui qui a le plus à perdre si ça se sait. Peut-être même pas le tueur. Peut-être juste l'équipe de nettoyage. »

Un moment de silence s'est écoulé. Puis...

Clac. Clac. Clac.

Pas à la porte.

À la fenêtre de la cuisine.

Les deux femmes se sont figées.

Perséphone siffla.

Annabel se dirigea lentement vers la fenêtre, le cœur battant. Evie la suivit, sa main agrippant déjà le parapluie le plus proche comme une arme de fortune.

La lumière du porche s'alluma.

Il y avait une silhouette debout juste à l'orée du jardin.

Trempée.

Visage caché sous une capuche.

Encore.

Attentif.

Puis, disparu. Glissé dans l'obscurité comme de la fumée.

Evie a marmonné : « Eh bien, ce n'est pas terrifiant. »

Annabel attrapa son téléphone. « J'appelle Oakes. »

***

Dix minutes plus tard, l'agent de police Tom Oakes se tenait dans le couloir, les bottes dégoulinantes et l'expression tendue.

« Vous dites qu'ils n'ont pas frappé ? » demanda-t-il.

« Ils ont juste regardé, » a déclaré Annabel. « Assez longtemps pour que nous nous en rendions compte. »

Perséphone fit les cents pas autour de ses pieds une fois, puis se retira à son poste.

« Avez-vous eu d'autres visiteurs ? » demanda-t-il.

— Seulement Rupert hier, dit Annabel d'un ton froid.

Evie croisa les bras. « Il s'est fait un point d'honneur de nous rappeler qu'il avait une clé de la maison. »

Oakes fronça les sourcils. « Ce n'est pas censé être vrai. »

« C'était assez vrai, » a déclaré Annabel. « J'ai changé les serrures ce matin. »

Oakes hocha la tête. « Bien. Pourtant, n'allez nulle part seules. L'une ou l'autre d'entre vous. »

« Et Maggie ? » demanda Annabel. « Y a-t-il un changement ? »

Son expression se resserra. « Toujours inconsciente. Mais stable. »

— « Et Graham ? » Dit Evie doucement.

Oakes secoua la tête. « Aucun signe. Officiellement porté disparu maintenant. »

Il jeta un coup d'œil autour de la chaumière, puis regarda Annabel.

« Quoi que vous fassiez, cela fonctionne. »

Puis il est parti.

****

La pluie fouettait les fenêtres. L'air était lourd d'attente.

Perséphone sauta sur les genoux d'Annabel, se recroquevilla et ne ronronna pas. Il a juste regardé la porte.

« Tu crois qu'ils vont venir ce soir ? » a demandé Evie.

Annabel ne répondit pas.

Elle regarda simplement vers le hall sombre... et murmura :

« Je pense qu'ils l'ont déjà fait. »

Chapitre 18

Le chalet était trop calme.

Même avec la tempête qui se jetait sur les fenêtres, les murs de Honeystone gardaient un silence qui semblait... artificiel. Comme si la maison elle-même écoutait.

Perséphone n'avait pas bougé depuis vingt minutes.

Elle était assise, lovée sur le buffet, les oreilles en avant, la queue frémissante une fois toutes les quinze secondes – l'équivalent félin d'une horloge qui tourne.

Annabel était assise dans son fauteuil ; tasse de thé intacte. Evie se tenait près de la porte d'entrée, une batte de baseball à la main, le pouce courant lentement le long de la poignée enveloppée de ruban adhésif.

« Minuit, c'est dans vingt minutes, » marmonna Evie.

Annabel ne leva pas les yeux. « S'ils essaient de nous arrêter, ce sera maintenant. Avant la fin de la soirée quiz. Avant d'être entourés de témoins. »

Le tonnerre grondait au-dessus de leurs têtes.

Et puis, des bruits de pas.

Doux. Dehors. Le gravier crissa sous un poids prudent.

La queue de Perséphone s'est figée au milieu du mouvement.

Evie resserra sa prise sur la batte.

Un coup à la porte. Pas poli. Pas décontracté.

Urgent.

Puis une voix s'étouffa à travers la porte. Familier.

« Annabel. S'il te plaît. Laisse-moi entrer. »

Kitty Simmons.

***

Evie jeta un coup d'œil à Annabel, qui hocha lentement la tête et se dirigea vers la porte.

Elle l'ouvrit juste assez pour voir Kitty – trempée, les yeux écarquillés, les cheveux plaqués sur son front. Pas de parapluie. Pas de manteau. Juste un pull humide et des bottes boueuses.

« Tu ne devrais pas être ici, » a dit Annabel platement.

Kitty s'avança. « Je devais venir. J'ai vu quelqu'un qui surveillait votre maison. Je pense qu'ils sont entrés par effraction dans la boulangerie hier soir à la recherche de quelque chose. Je... Je pense qu'ils en veulent à moi aussi. »

Annabel hésita. Evie ne l'a pas fait.

« Elle ment, » a déclaré Evie.

Kitty se retourna, offensée. « Pardon ? »

Evie s'avança, la batte toujours baissée. « Tu n'es pas venu nous prévenir. Tu es venu voir si on l'avait. »

Kitty cligna des yeux. « Quoi ? »

La voix d'Annabel était douce mais ferme. « Le grand livre. »

Kitty resta immobile.

Un éclair claqua. La pièce s'illumina comme une photographie. Et dans ce scintillement, la vérité se lut sur son visage.

Un mélange de peur... et de culpabilité.

Annabel recula. « Entre. »

***

Kitty entra comme une femme qui monte sur une scène sur laquelle elle ne voulait pas être.

Evie ferma la porte derrière elle et s'appuya contre elle. Ne pas bloquer la sortie. Mais pas *non plus pour ne pas* le bloquer.

Annabel croisa les bras.

« Depuis combien de temps travailles-tu avec Rupert ? »

Kitty leva les yeux. » Je ne travaille pas avec lui. Je n'ai jamais... »

« Kitty, » coupa Annabel. « Nous sommes au courant du bail. Nous savons pour la terre. Nous savons que le nom de votre grand-mère est dans le grand livre. »

Kitty s'assit. Difficilement.

« C'était censé être fini, » a-t-elle dit. « Il a promis. Il a dit que c'était juste de l'histoire. Que si nous ne le remuions pas, il resterait enterré.

Evie se moqua. « Tu veux dire qu'il t'a dit de te taire pendant qu'il contrôlait tout le village ? »

La voix de Kitty se brisa. « Je ne savais pas qu'il tuerait quelqu'un. »

Silence.

Annabel se pencha vers l'intérieur. « Qui ? »

Les lèvres de Kitty s'entrouvrirent.

Puis... *BANG.*

La porte arrière.

Pas frappé.

Botté.

***

Evie se déplaça rapidement, se positionnant entre Kitty et la cuisine. Annabel se précipita vers l'étagère – et le coffre-fort derrière elle.

Perséphone siffla, forte et basse, la fourrure hérissée.

La porte de la cuisine s'ouvrit brusquement.

Rupert Hale se tenait là.

Trempé. Furieux. Et ne souriant plus.

« Où est-ce ? » a-t-il dit.

« Trop tard, » a dit Annabel. « C'est déjà avec la police. »

Un mensonge. Mais il ne le savait pas.

Ses yeux se tournèrent vers le coffre-fort.

Et Evie s'interposa entre eux, levant la batte.

Rupert s'arrêta.

« Vous avez semé le chaos, » a-t-il dit, essoufflé. « Ce village aurait pu rester beau. Tranquille. *Sûr.* »

« Non, » a dit Annabel, d'une voix froide. « Il serait resté *pourri.* »

Rupert s'élança.

Evie se balança.

Crac.

La batte a rencontré l'épaule – pas assez fort pour se briser, mais assez pour le faire tomber sur le côté.

Kitty a crié. Perséphone bondit du buffet et atterrit sur le comptoir de la cuisine comme un éclair noir.

Rupert a trébuché – puis s'est figé.

L'agent de police Tom Oakes se tenait dans l'embrasure de la porte.

Une torche dans une main.

Des menottes dans l'autre.

« Vous avez une drôle d'idée de ce qu'est un coffre-fort, » a-t-il dit.

Chapitre 19

L'orage passa avec l'aube.

Au moment où les nuages se sont dissipés et que la lumière pâle a touché les toits de Little Firling, Rupert Hale était assis à l'arrière d'une voiture de police, trempé jusqu'aux os et ne regardant rien.

À l'intérieur de Honeystone Cottage, le silence est revenu, cette fois pas lourd, mais *mérité*.

Perséphone avait revendiqué son perchoir habituel sur l'accoudoir du canapé, se léchant la patte comme si les événements de la nuit étaient un léger inconvénient qu'elle avait personnellement résolu.

Evie dormait dans le fauteuil, une couverture emmêlée autour d'elle, la batte de baseball posée à proximité comme une vieille amie.

Annabel se tenait à la fenêtre, le thé à la main, regardant la ruelle.

C'était fini.

***

Deux jours plus tard, le village était de retour pour faire semblant que tout était normal. En quelque sorte.

Graham Hargreaves avait été retrouvé.

Blessé. Effrayé. Caché dans la cabane de pêcheur désaffectée près de la crique. Il avait paniqué après avoir remis la pièce, réalisant qu'il avait été suivi. Le coup à l'arrière de sa tête était venu avant qu'il ne puisse atteindre Oakes.

Il se souvenait de tout maintenant : le paiement pour détruire la copie du grand livre, ses doutes et la culpabilité qu'il avait portée depuis.

Il se rétablissait à l'hôpital. Tranquille. Mais en sécurité.

Maggie Cooke s'était réveillée ce matin-là.

Sa voix était rauque. Sa mémoire était inégale. Mais elle avait serré la main d'Annabel et lui avait murmuré :

« Il ne voulait pas l'or... Il voulait le contrôle. »

***

Kitty Simmons évitait tout le monde.

Sa serre était fermée. Les bottes d'herbes s'étaient fanées. Mais les chuchotements n'avaient pas changé.

Mme Penfold est retournée à son groupe de lecture avec un nouveau lot de sablés au citron et sans aucune mention de sa récente « migraine ».

Bea Simmons a été vue en train d'avoir une longue conversation avec Oakes à l'extérieur de la boulangerie.

Et Tobias Marsh était assis sur le quai, racontant toute l'histoire à tous ceux qui voulaient l'écouter — enfin justifié après cinquante ans passés à être « ce vieil homme avec des histoires ».

***

Au Lièvre et le Limier, Henry le barman a versé à Annabel son habituel et a posé une petite soucoupe de pâté de sardine sur le bar sans qu'on le lui demande.

« Pour la dame, » dit-il en faisant un signe de tête à Perséphone, qui s'était installée sur le tabouret à côté d'elle.

« Elle l'a mérité, » a déclaré Annabel.

— « Elle le mérite toujours, » répondit Henry.

***

Ce soir-là, au chalet, Annabel a allumé une seule bougie et a placé le grand livre — maintenant revenu d'Oakes, scellé dans des pochettes en plastique — dans une boîte en bois marquée *« Michael's Research »* et a niché le grand livre entre de vieux dossiers qu'autrefois Michael avait utilisés pour suivre la poésie de la vie navale. Il aurait trouvé toute l'affaire fascinante – les trahisons, l'or, le silence.

« Jusqu'à ce que je sache quoi faire de ceci, murmura-t-elle en refermant le couvercle. *« Michael, garde un œil dessus pour moi, s'il te plaît ? »*

Evie se pencha dans l'embrasure de la porte. « Et maintenant ? »

Annabel sourit.

« Je pense que nous respirons. Et je pense que nous jardinons. Et si le village veut chuchoter à mon sujet, qu'il le fasse. »

Evie gloussa. « Ils le font déjà. Tu es la femme qui a résolu un meurtre avec une chatte et un carnet. »

Annabel leva sa tasse. « Pas une mauvaise épitaphe. »

Perséphone miaula une fois, doucement, depuis la fenêtre.

Dehors, la lune se leva.

Et Little Firling dormait.

FIN